U0450621

新时代的
马可·波罗

四段
中国之旅

[哥伦比亚] 恩里克·波萨达·卡诺 著

谷音 译

五洲传播出版社

图书在版编目（CIP）数据

四段中国之旅 /（哥伦）恩里克·波萨达·卡诺著；谷音译 . -- 北京：五洲传播出版社，2023.4
（新时代的马可·波罗）
ISBN 978-7-5085-4777-0

Ⅰ．①四… Ⅱ．①恩… ②谷… Ⅲ．①回忆录－哥伦比亚－现代 Ⅳ．① I775.55

中国国家版本馆 CIP 数据核字 (2023) 第 053493 号

"新时代的马可·波罗"丛书

出 版 人： 关　宏

四段中国之旅

著　　　者：	［哥伦比亚］恩里克·波萨达·卡诺
译　　　者：	谷　音
责任编辑：	宋博雅
装帧设计：	正视文化
出版发行：	五洲传播出版社
地　　　址：	北京市海淀区北三环中路 31 号生产力大楼 B 座 6 层
邮　　　编：	100088
发行电话：	010-82005927，010-82007837
网　　　址：	www.cicc.org.cn　www.thatsbooks.com
承　　　印：	中煤（北京）印务有限公司
版　　　次：	2023 年 5 月第 1 版第 1 次印刷
开　　　本：	155 mm×230 mm
印　　　张：	11.75
字　　　数：	165 千字
定　　　价：	69.00 元

引 言

1965年2月,我第一次启程前往中国,同行的有我的妻子以及分别为九岁和三岁的两个儿子。我好像确信有一股神力使我从成千上万的哥伦比亚人中被选中,并将我引向中国,在那里长时间地生活,深入探寻中国人存在、感知与思考的方式。在那里,人们为了阻断敌人的侵略,建起了绵延六千公里的长城;为了对抗蒋介石领导的国民党,毛泽东领导着一支庞大的农民军队,历时两年完成了从这片广袤领土的南方到西北的万里长征的壮举。除此之外,那时我对中国一无所知。

登上喷气式飞机,历时两周的飞行,经过在墨西哥、温哥华、东京和香港的转机(实际飞行时间三十五小时),我们到达了最终目的地——北京。不管是旅行的距离还是对这段旅程的未知感,都让我们感觉仿佛乘坐了宇宙飞船一般。

我们将在北京外交学院工作:我的妻子是西班牙语老师,而我则担任教科书的编撰者。直到到了北京十五天后,我们才知道我们的工资是多少,我们住在哪里,以及我们的孩子用什么语言学习。

彼时中国正处在四面楚歌的境地,刚刚开始从由"大跃进"造成的两年大饥荒、长时间的干旱以及同苏联的意识形态之争中恢复。

我们刚开始适应横跨两个半球的时差,就被游行的学生们嘈杂的喇叭声吵醒。几分钟后,我们了解到这是中国史无前例的一次民众运动——"文化大革命"。我们原计划待两年时间,却最终分四次一共在这里生活了十七年。

我们见证了中国用四十年的时间，从贫困的悲惨边缘发展到了今天的世界强国。在我们在中国生活的第一阶段（1965—1969年），我们见证了"文革"的爆发，也目睹了这次运动逐渐偏离初衷，达到了混乱的边缘。1976年7月，唐山发生里氏7.8级大地震时我们也和中国人在一起。地震造成了二十余万人死亡。随后，中国人又经历了一次政治上的大地震：毛泽东逝世后，"四人帮"加紧了夺权的步伐。一直到1976年10月6日，我们从朋友们口中悄悄得知了江青同其他三位篡权者被捕这一不可思议的消息。一年以后，我们同上百万北京居民一起庆祝邓小平恢复职务。几年以后，我们同一支由二十几名最好的译者组成的团队一起，投入了将《毛泽东选集》其中几卷翻译成西班牙语的工作。我们目睹了中国改革开放腾飞的最初的成就，并于1978年第二次离开中国。仅仅四年之后，我们又于1983年回到了孔子的故乡中国。这次我担任哥伦比亚驻中国大使馆的外交职务。从1991年到1995年，我们作为中央编译局的专家，第四次在中国生活工作。编译局接受了我们的申请，使我们得以在其中国员工宿舍生活了五年。宿舍位于粉子胡同，离故宫仅几个街区之遥。我们希望更深入地了解中国人，并打算将我们的见闻写成一本小说式的回忆录或生活纪实。2002年此书的西班牙文版出版，题为《在中国的两次生活》；2011年此书的中文版本出版，题为《友谊宾馆的那些事》。

随着毛泽东的逝世以及邓小平成为中国最高领导人，中国迈出了在工业、农业、国防和科学技术四个领域的现代化步伐。在摒弃了外国投资是对马克思列宁主义的背叛和社会主义不需要市场供求关系等陈旧观念之后，中国开始从生活必需品都匮乏的混乱不稳定状态，一跃迈向了繁荣昌盛局面。邓小平大胆地颁布了保护外国投资的法令。这一举措放松了对外资的控制，开启了最冒险的改革进程，而之前唯一合法的财产权利是属于全国人民的公有财产和由人民公社代表的集体财产。在颁布法令之后，邓小平开始了在中国南部沿海建设经济特区的计划：深圳成为首个特区。

改革的内容之一是废除原先的人民公社。人民公社是计划经济时期最大的社会经济计划，是毛泽东主张的力求打破体力劳动与脑力劳动、城市与乡村、繁荣地区与欠发达地区差异的美好理想社会。人民公社在其1957年建成后的最初二十年发挥了重要的作用：从很大程度上减少了贫困，向农村居民平均分配了收入，在农村地区通过志愿劳动兴建了重要的基础设施。然而，人民公社这一组织形式最终成了发展的阻碍。体系中所有劳动者赚取相同的报酬，不考虑其工作的附加值、收益和效率。这种占主导地位的绝对平均主义分配削弱了生产积极性，降低了生产效率。人民公社的解体带来了一个不可避免的结果：数以亿计的农村富余劳动力除了向城市转移外别无他法。所幸，经济改革和对外开放使他们有了用武之地。他们中很多人成为办公用房及民用住房建设的劳动力。因此，今天人们问道：是谁建设了新北京和极其现代化的上海？回答是不言而喻的：是农民工，是这个被称为"流动人口"的巨大群体。他们从国家的各个角落迁移到北京、上海、天津、经济特区以及其他对外开放城市，去寻找一个更加发达的栖身之地。

经过近四十年的经济和社会改革，中国宏观经济各项指数都有了显著的提升，约四亿人口摆脱了赤贫。中国所取得的这些成就将以叙事、对话或学术性的文体在本书中呈现。

一个值得强调的事实是，为了使包含外国投资、私有财产等成分的新的经济体系能顺利运行，中国同时要恢复和重建司法体系。同中国在经济上的崛起相比，从零开始重新建立一个司法上层建筑同样是令人惊奇的。人们不禁要问，中国人如何像变戏法似的，及时地颁布出像经济法、刑法这样的法律的？在不断地吸收和同化外来的知识并使其适应中国国情的过程中，中国人学得很快。而这并不是中国人的第一次壮举。15世纪初郑和在其航海壮举中曾到达波斯湾的霍尔木兹海峡，但自那以后中国开始了闭关自守。究竟是谁孤立了谁？是西方封锁了中国，还是中国封锁了西方？答案是开放的。

本书是一本非典型文集，共汇编了数十篇报道、学术文章、散文和采访记录。我的文章写于四十多年的时间里，全部关于中国这个独一无二的大舞台或平凡或耀眼的历史事件。本书根据不同的主题分为六个篇章。尽管文章的编排力求按照时间的顺序，但有时这种顺序因主题分配的需要而中断。我希望本书中带有叙事色彩的关于个人经历的文章能够占相当的比例。

另一方面，本书中涉及一些政治历史事件，如"无产阶级文化大革命"等，意在让读者对人们所说的新中国巨变的过程有一个认识理解的线索。也许这样的巨变的历史意义，只有东西德统一能与之相提并论。

本书还包括了一些纪实作品，例如我为哥中建交三十五周年纪念所作《在中国学到的二十二课》，分享了一个哥伦比亚人在中国十七年的生活中所学到的东西。本书中还收录了我关于中国的回忆录中的部分章节，以及我接受访谈的一些实录。

书中有一部分作品是以叙事文体写成的，可以称为我的"倾诉衷肠"之作，如《重新给我们的儿子取名字》；同时还有些描写中国的传统和习俗的文章，如《遛鸟客》《斗蟋蟀》《中国的爷爷奶奶手握大权》等。这些作品使整个作品集呈现出一种有趣的对比，也顺应了现在新闻报道和文学的新趋势。

至于更加学术性的文章，有《中国和世界经济危机》和《世界地缘政治中的中国》。这些文章更直接的受众是大学的学生和学者等。

以上所介绍的本书内容，是我们通过在中国的四段旅程积累的对中国诸多历史性事件的见证与所思、所感。

最后，向出版社对我的热情接待以及对本文集出版所做的特别努力致以我最诚挚的感谢。

恩里克·波萨达·卡诺

2022 年 11 月 1 日于波哥大

目 录

引言 003

第一篇
探索中国

- 01. 途经香港，目的地北京 012
- 02. 香港，购物天堂 016
- 03. 北京友谊宾馆 021
- 04. 重新给我们的儿子取名字 023

第二篇
暴风雨来临

- 05. 一个哥伦比亚诗人的烦恼 030
- 06. 动乱年代 033
- 07. 耻辱柱上的电影工作者 039
- 08. 第一次回国 042
- 09. 住在中国不是一年，而是许多年 045
- 10. 在中国学到的二十二课 051
- 11. 在一个带院子的房子里，象征友谊的葡萄 062

第三篇 巨变的年代

- 12. 改革开放的前奏 068
- 13. 新儒教中国和消费主义 072
- 14. 北京,一个起重机的森林 079
- 15. 中国一切都在变 081
- 16. 北京,重建于十年之间 084
- 17. 今非昔比 088
- 18. 我的居住环境:一个胡同交错的小区 090
- 19. 改革开放商业化的一面 094
- 20. "流动人口"和下海潮 098
- 21. 两位哥伦比亚外交官眼中的改革开放 102
- 22. 和北京再会 105
- 23. 中国的过去和现在 109

第四篇 国际瞭望塔

- 24. 中国和世界经济危机 114
- 25. 世界地缘政治中的中国 118

第五篇
文化风俗剪影

- 26. 遛鸟客 128
- 27. 斗蟋蟀 131
- 28. 中国的爷爷奶奶手握大权 134
- 29. 迎接奥运会的中国 136
- 30. 诗人毛泽东 142

第六篇
介绍和访谈

- 31.《在中国的两次生活》介绍 150
- 32. 伟大中国的十七年 153
- 33. 中国被写成了小说 156
- 34. "玛格丽塔的记录"栏目 161
- 35. 最了解中国的哥伦比亚人 174
- 36. 为哥伦比亚打开通往中国的大门 181

第一篇

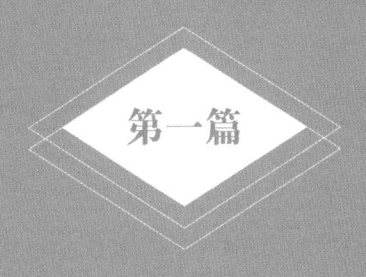

探索中国

01

途经香港，目的地北京

夜晚，身处地球的另一端，
时空变化像一团麻。

晚上九点多，随着从东京起飞的飞机落地，我第一次踏上了香港的土地。我在那儿唯一的联系人是新华社的记者常风（音译）先生。到达的前一天我从东京向他发了一封电报告知他我的到访信息，以便他能帮我解决一些具体问题，比如预订一家酒店。

我从波哥大出发到达香港。好几个朋友都提醒我，香港曾经是世界各地冒险家的避风港，犯罪频发，生活不便。与我同行的是我的妻子和两个儿子，其中小儿子才三岁。我们还带了五个行李箱。这种情况下，我的担忧有增无减。

我们从飞机的舷梯走下，来到移民办公室门口，在旅客的长队中等待检查护照。办完海关手续后，我们来到接待大厅，在一大群旅客和机场工作人员中间寻找与常记者相似的身影：听说他身高一米七左右，戴着眼镜。不一会儿，一个说着西班牙语的中国人走近我们，却是个矮矮胖胖、不戴眼镜的人。我估计他是新华社的另一位工作人员。但当他自我介绍说他的父母分别是中国移民和秘鲁人后，我的警惕性提高了。"我是一个中国和秘鲁混血",这是他的原话。

当我们正谈论这些的时候,两个穿着白色制服的行李工扛着我们的箱子,消失在走廊的尽头。我妻子惊讶地问李先生——他是这样向我们介绍自己的——为什么这些人没经过我们的同意就拿走了箱子。他回答道,这些人都是他信任的朋友。这时候我们同一航班的旅客都已经离开了机场。李先生邀请我们乘坐一辆停在人行道上的车。他告诉我们已经为我们在市区的一家酒店订好了房间。没有任何寒暄,我问他是否在新华社工作,他却回答我说去过墨西哥好多次,在中国有很多朋友云云。我情愿相信他是没听懂我的问题,但我的怀疑更加深了。

这时候,我们的孩子正兴致勃勃地看着这场景,小儿子咬着指头,妻子催促我赶紧搭出租车离开飞机场。但是有两个原因阻止我这么做:首先,我想先和常风先生通个电话,问问他是否会来机场接我们,至少能向我们推荐一个酒店;其次,必须夺回我们的行李,它们正躺在李先生的汽车里呢。因此,我决定不采取任何鲁莽的行动对待那位李先生。为了摆脱他,我找了一个借口,说想去洗手间。他向我指了指方向。我还没来得及找到一个电话亭给常记者打电话,就发现李先生紧紧跟着我。我别无他法,只好钻进了洗手间。我出来的时候,热情的"东道主"正杵在门口等着我呢。我真有股让他滚一边儿去的冲动,但是我忍住了。我走向电话亭。拨常记者的号码时,我心不在焉地看了看周围,而李先生就在离我几米远的地方。我的耐心终于要耗尽了,冲他喊道难道你也要用电话吗,而他却装作听不懂的样子。电话的那一头用英语回答我。我说找常先生,在经历了漫长的两分钟等待后,常记者终于接了电话。我向四周看看,李先生还在那儿,不过眼睛看向另一个方向。

常记者接了电话,我开始用中学时学的美式英语跟他对话,而常先生说的是英式英语。沟通十分困难,不仅仅是因为我们用英语交谈,更重要的是因为想到妻子和孩子正单独等着我,一种不安感油然而生。

终于，我听懂了常先生的意思：新华社的办公室在香港岛，在我所在的大陆九龙湾对面。此时此刻，我们已经没法从九龙湾到达香港岛了，因为渡轮已经停运了。他告诉我没收到我的电报，警告我不要理会那些宰客的，建议我们入住市中心的一家酒店，直到第二天他来找我们。

挂了电话后，李先生问我和谁通话，我只是向他笑笑。我和妻子商量了一下，在这种情况下，我们认为，除了让这位不期而遇的向导带我们走，别无选择。上了车，离开了机场区，我们走上了通往市区的公路。李先生开车，他旁边坐了行李工中的一位，我们一家人坐在后座。汽车驶在几乎无人居住的郊区，妻子小声地跟我说担心从机场到市区这一路不知道会发生什么。而李先生一直就墨西哥的话题跟我们说个不停。车行驶了差不多四十五分钟后，停在了一个旅馆门口，灯饰标牌上闪耀着旅馆的名字：八月月亮酒店（August Moon Hotel）。李先生先下的车，他命令行李工卸下行李。不一会儿，我们就来到了前台。昏昏欲睡的前台服务员向李先生打了个招呼，似乎他们很熟悉。他们商量了一会儿，我们的"东道主"告诉我们，他为我们的房间争取到了每天一美元的折扣。我们把护照留在了接待处例行登记，然后进了电梯，电梯门快关上的时候李先生又钻了进来。他亲自给我们开了房间的门。我们觉得差不多该是让我们独处的时候了，却看见他坐在了椅子上。半睡半醒之中，我们尽一切可能让他看到我们是多么的劳累不堪，他却熟视无睹。他开始问我们喜不喜欢这间旅馆和这个房间。眼看这个话题即将结束，他又试图开启关于墨西哥的谈话。这时候我们礼貌地告诉他请让我们单独休息。他前脚刚走，我们就锁上了门，瘫倒在床上。

那一晚，我们几乎彻夜未眠。第二天一大早，猛烈的敲门声把我们惊醒。我瞄了一眼，发现从门缝塞进了报纸。过了一会儿，又听到了敲门声，我用英语请他稍等片刻。打开门一看，是李先生笑脸相迎。我两手一摊，真是为自己无法摆脱他的存在而感到沮丧。我问他有何贵干。他脸上带着永远的微笑,回答道,希望能陪我们吃早餐。我没好气地请他在餐厅等我们。过了一会儿,我们乘电梯下楼来到餐厅,李先生已经在那儿等着我们了。早饭过后,签单的时候我们发现餐费折成哥伦比亚比索够我们在祖国吃上一整个星期的了。我们发誓再也不在酒店里吃饭了。

接下来的几天里,为了发掘两三家普通的中国餐馆,我们不得不跑好几个街区。我们总是得抬起头来艰难地辨认那些商业招牌,"照相馆""钟表店""服装店"等,不一而足。

即使对那些不是来香港旅游而是来做生意的人来说,如果他们想喝点饮料或咖啡,也得睁大了双眼才能在这股商贸仓储的漩涡当中找到一家咖啡馆。不仅如此,要在这座城市找到一间书店真可谓是一场冒险。

我们第一天的行程首先是要去拜访新华社,以便同常先生谈谈,敲定我们后续旅行前往目的地北京的一些细节。然而,出了酒店大门,就发现李先生紧跟在我们后面。他问我们是否想去参观维多利亚港附近的太平顶。我没好气地答道:"我们不是有钱的拉美人,我们只想在香港安静地待几天!"看到我在他的陪同下不会迈出半步,李先生给了我他的名片。他向我们介绍了一家"极速"裁缝店,能在十二小时内完成一件男士西服的制作。我想他从我的脸上看到了一丝舒缓的笑容。"啊,原来如此,神秘的李先生原来是做酒店和商店回扣生意的代理!"但是我没给他跟着我们的余地,我向他告别并且承诺接下来几天会拜访他的商店。

原载于《克洛莫斯》杂志(哥伦比亚波哥大),1970 年 12 月 7 日

02

香港，购物天堂

香港和东京一样，空气里弥漫着令人窒息的二氧化碳。我们来到弥敦道，以便乘车前往渡轮码头。但是因为找不着方向，最后我们决定打出租车。到了码头，我们在二等舱的售票口前排队。旁边头等舱的窗口排了许多英国官员和学生，以及中国商人。头等舱的票价是二等舱的两倍，社会阶级差异十分明显。渡轮的第一层是二等舱，随处可见"禁止随地吐痰""注意小偷"这样的警示标语。我们坐在船沿以便好好欣赏海景。岛旁边停泊着几艘装甲舰，海湾中间密密麻麻散布着船只。我们还欣赏了香港依山傍水的摩天大楼。

我们所知的香港由两座城市构成：九龙半岛位于中国大陆的最南端，而香港岛由一系列小山丘构成，与九龙半岛隔海峡相望。主码头位于九龙半岛上，进进出出的货船和乘客永不停歇，熙熙攘攘好不热闹。而香港岛那边的码头，主要停靠的是美国的战舰，随时准备着对越南战争或印度支那地区发生的其他冲突进行干预。

码头一带进行着香港大部分的经济活动。由于轮船交通非常繁忙，港口显得太小了，许多船只都只能按编号顺序停在海中。许多码头工人在向船只运送货物的栈桥上工作，而他们的妻小就在身边。他们在海上比在陆地上待的时间还要多。栈桥也被改装成了一种住家，有厨房、电池灯和水池。码头工人的家庭分工几乎和陆地上的一模一样。

香港礼宾府（原香港总督府）

所不同的是，妻子在完成了家务劳动后，还得帮助丈夫一起完成繁重的装卸工作。

不管白天黑夜，空气中总是混杂着工人们的呐喊声。夜晚轮船和栈桥上闪耀的灯火，码头上的人声鼎沸，以及半导体收音机里能传到岸边的音乐声，这一切让人觉得仿佛是一场盛宴。然而事实并非如此。这是装卸工人和船员们日常繁重的工作。如果站在船舷上向下望去，你可以看见栈桥上正复制着任何一个贫穷的香港人家的生活图景：女人整日在船尾的厨房里忙碌，最小的孩子在吊床上睡觉，或是在附近嬉戏。栈桥的两侧摆满了竹子、水果和罐头制品，工人们把它们捆好，放在起重机的锚爪上。

这就是香港码头。要穿过隔开九龙半岛和香港岛的海湾，必须搭乘从早上七点工作到晚上八点的渡轮。海峡两边的码头的主要活动都是商业，但英国总督府和主要的行政机构都坐落于香港岛。由于大部分政府职员和商场售货员都住在九龙半岛，每天早晚高峰时候的交通都十分繁忙。渡轮共有两层：下层差不多两百名乘客或站或坐在简陋的长椅上，而上层英国人和中国精英们的环境就要舒服多了。跨越海峡的这趟旅程为时二十分钟左右，景色极美。码头和渡轮的这边是九龙；而另一边，高楼大厦背靠维多利亚山。中间的大海是深蓝色的。五彩缤纷的摩天大楼让人们感到它们仿佛正在群山和大海之间漂流。

香港岛和九龙半岛一样，是个仓库遍地的地方。我们从未在世界上任何地方看到两条堆积如此众多货物的地带。在任何时候，这些仓库都堆满了电子器材、钟表、手机、相机以及其他一切最挑剔的消费者希望购买的产品。这些产品来自世界上所有工业化国家。

每天一大早酒店都送来报纸，头版头条报道了一系列令人震惊的罪行——自杀、拦路抢劫、偷盗。而这样的罪行天天上演。白天，我们在九龙的主干道上闲逛，看看街边商店的橱窗，直到看得累了，晚上就待在酒店。一天夜晚，实在是厌倦了待在房间里看电视，我们向酒店经理要了一份观看演出的指南。他给了我们一份，并在高危地区用叉号做了标记。吃完晚饭，我们把孩子们留在房间里，让当班的服务生帮忙照看，我们则冒险出门。看了看指南，我们避开那些名声不好的酒吧，选了一家烧烤店。

晚上九点左右，我们来到了选定的烧烤店，里面挤满了美国和英国的水手，左拥右抱本地的年轻姑娘。舞台上乐队伴奏，一位慵懒的歌手正唱着一曲熟悉的法国香颂。服务生还没来的时候，我和妻子迅速地拟定了一个具有策略性的消费计划：我们先点两杯马蒂尼酒，慢慢品味后再要账单，如果不是特别贵的话再点第二杯。但是账单显然超过了我们的预算，于是我们付了钱就离开了。在一楼我们还依稀能听到乐队的伴奏，以及中国歌手希望用法国香颂满足顾客的嗓音。

离开的时候，我们在中国的这个角落里想到，像中国这样一个有着悠久历史和灿烂文化的古国，却被迫让她的数块领土被外来文化侵蚀。在香港甚至不能享受到在娱乐场所听一听那奇特又美丽的传统中国音乐的乐趣。很多时候，香港本土居民之间说的都是英语。当然，有相当一部分民众清楚地明白他们沦为殖民地的境地，反对外国文化的入侵。他们被称为"香港爱国人士"。他们有自己的学校，在那里教孩子中国传统文化，并告诉他们香港是中国不可分割的一部分。

我们在弥敦道走着，每一步都能碰上一个面黄肌瘦的苦力，用人力车载着夜晚的行人。他们中很多人都吸鸦片、逛妓院。

奇怪的是，白天旅客会觉得香港只是一个堆满了各式货物的大商店；但到了夜晚，人们看到的是这座港口城市由酒吧、迪厅和夜店构成的另一番景象。

离开了酒吧，我们来到大街上。突然，从中央大街旁边的街道上传来一阵醉汉的叫喊声。一个苦力拉着一辆人力车出现了，随后几米远的地方跟着另一辆。每辆车的后座上都坐着一位穿着军装的美国水兵。那条街有点坡度，道路并不顺畅，苦力们拉得很费力。美国大兵们手里拿着烈酒瓶，边喝边像吆喝牲口一样呵斥着那些苦力，让他们快点走。苦力们继续在呵斥声中疯狂地走在下坡路上。我们对这一幕感到愤怒，为了不再看到这不堪的场景，我们穿过街道，但仍能听到那些美国佬的叫喊声。

原载于《克洛莫斯》杂志（哥伦比亚波哥大），1970 年 12 月 21 日

北京友谊宾馆

位于亚洲心脏的最大的花园式酒店

北京友谊宾馆建成于20世纪50年代末,当时是为了接待来中国的三千多名苏联专家而建的。但当1966年我们前往该宾馆住宿的时候,没有一位苏联专家留下来。在中苏双边关系局部恶化以后,尼基塔·赫鲁晓夫撤走了所有的专家。

这不仅仅是一家宾馆,还是一座由成群公寓楼组成的、拥有各项服务的封闭式社区,其居民可以在社区内部解决百分之七十的生活所需。它位于距离市中心四十分钟左右车程的位置。像所有高安全级别的建筑一样,宾馆四面高墙耸立,入口处有保安把守,只有住在这里的外国宾客和中国工作人员才可以进入。

所有进入宾馆内部的访客都必须在接待处登记。但如果访客是中国人的话,还必须事先得到其工作单位或教育机构的批准。入口处的门廊、一号楼和剧院的设计是中式风格,屋檐的形状像是燕子的翅膀,用的是黄色和绿色的釉面陶瓷。其他建筑都是一模一样的典型的斯大林时期的建筑式样,一列列整齐划一。宾馆内部最惹眼的是巨大的绿化区域:中心花园里有许多假山,道路两旁杨树、柏树排成行。

围绕着花园的四边形空间的南翼是二号楼。其一楼是粮食仓库、必需品商店、照相工作室、裁缝店以及洗衣房。穿过长长的走廊，理发店的对面是浴室，哗哗的水流声从不停歇。整个走廊都铺着印有妇女采茶图的地毯。即使在白天，走廊也得打开顶灯。

燕子飞檐屋顶的美丽剧场嵌在四边形空间的最西边，而北边的所有公寓都住着柬埔寨人。他们是难民，其祖国同胞正与越南人肩并肩对抗着共同的敌人美国。他们的居住区域虽没有被金属网隔开，但并不对其他人开放。他们有自己的餐厅和单独的服务人员。他们如果生病了，也不去给我们这样的非难民身份的外国人看病的联合医院，而是去友谊医院。

再往西北边去是中国员工的餐厅和诊所。他们的宿舍不在宾馆内部，而是在白石桥路另一边的民房。宾馆的东南角是网球场、健身房以及游泳池。再往里去是另一片同其他客房相同的四层楼的建筑群，还有清真食堂，以及对面的二十四小时开放的诊所。一号楼位于正门入口保安所在位置的后面，里面的俱乐部有两张台球桌和三张乒乓球桌。不同的区域之间都有绿化带相隔，柏树成排，每株柏树旁边都有一株杨树。

我们在这儿的第一年，"文化大革命"爆发之前，宾馆内的气氛是一种似乎并不真实的安静祥和。我们过着节制的生活。得到的工资只能满足最低生存需要，当然我们并不需要支付房租和子女的教育费用，也不需要缴税。生病的治疗费用都由北京外交学院支付。所以我们几乎没有什么支出的压力。

1994 年 8 月于北京

04

重新给我们的儿子取名字

姓不好听，要改一改。

"文化大革命"的风暴还未开始的时候，人们的眼里还留有牡丹花那粉的、白的色彩。一天，我带着两个孩子来到外交学院，几个同事突发奇想要给我们的孩子重新取中文名字。也许他们预见到我们的中国之旅不会很短暂，而这个主意也让我们觉得很有意思。只要这个象征性的行为不会被白纸黑字记录下来，我们就没什么理由反对。那时哥伦比亚和中国还没有建立外交关系，就像美国一样，即使没有法律明文禁止哥伦比亚人前往中国，我们的护照上如果有中国签证也将是一个问题。来过中国的事实将使我们在哥伦比亚生活的时候处于民事权利的边缘状态，几年内都无法工作。因此，在1981年中哥两国建立大使级外交关系之前，中国的签证总是另外用一张小纸片来签发，渐渐地这也成了一种象征性的行为。

罗秀凤（音译），那个在机场用鲜花迎接我们的女孩是给我们孩子取名字最积极的。在古巴学习过西班牙语的常文良（音译）也掺和了一下。他们罗列了好些个名字，分别含有刚强、恒久、光辉、荣耀、光明的意义，而那些意为花儿、春天、美丽的名字则是女孩儿用的。

孩子们坐在三轮车上。

最后罗和常给费尔南多取名松剑（坚韧如松的意思），给莱昂纳多取名向阳（面朝太阳的意思）。然后他们就取什么姓讨论开来。

"什么？"我抗议道，"我们的姓可是不能更改的。"

"别担心，这只是一个友好的象征仪式而已，"常老师对我说道，"我们想了一个姓，和您的姓波萨达（Posada）第一个音节的波一样，但是在中文里不太好听，是老婆的意思。"

最后没办法，我们给孩子取了一个和本来的姓毫无关系的姓——李。

很久以后我们才发现，原来他们给我们的小儿子取的名字李向阳是一个抗日战争中的传奇英雄。这位英雄的家乡在一片辽阔的平原，因此他在打仗时不得不采取地道游击战的战术。地道的每一段都有通向游击队员家里厨房或客厅的出口。还有一部根据这一大胆的战术拍摄的电影，名叫《平原游击队》，我们家的李向阳看过无数遍。拥有

20 世纪 70 年代，中国学生进行表演。

瓷器上的样板戏

作者的妻子和红卫兵

和抗日英雄一样的名字这件事一定在我们儿子的心里点燃了无可言喻的自豪之情。

不久之后，我们家的李向阳也开启了他自己的"地下"生活。他刚刚从宾馆的幼儿园转到了我的新单位中央编译局附近的一所小学。由于每天早上和下午都有一辆出租车接送我上下班，儿子就跟我一起去学校上学。然而学校经常停课，以便老师们可以参加批斗大会。批斗的对象往往是学校的校长及其他领导。年龄太小的学生可以不必参加此项运动。

那是个夏天的下午，日头还很高，我们回到家以后，孩子们把书包随手一扔，抓起泳衣就飞奔向了游泳池。娜塔莉亚和我靠在床上看书，时不时地对书的内容评论一番。我们一点儿打开电视的欲望都没有，或者说任何时候都没有，因为电视里不是播放少数民族舞蹈，就是女高音歌唱《东方红》，或是八大样板戏。突然，我们清楚地听到了孩子们的喧闹声。声音是从楼上传来的，那里住着一对年长的日本夫妇，我们觉得他们是武士。我们这栋楼的左边是一个花园，而右边就是中国警卫的办公室。过了一会儿，喧闹声停止了。第二天，翻译告诉我们，酒店经理召集我们开会。会议庄严肃穆，让人不禁有些害怕。会议室里上了茶。像往常一样，经理说正事之前总要先绕个弯子，让我们谈谈中外习俗的差异，最后总免不了谈到帝国主义对中国日益逼近的威胁。谈话出人意料地平静，最后才转到正题，经理告诉我们，向阳和其他小朋友发现了宾馆为难民准备的防空洞入口，而这个防空洞的存在被中国人隐瞒了许多年。他们拿着探照灯把地道的所有路段都跑了一遍。他警告道："同志们，这是很严重的事件。"我们替我们的孩子道了歉。当我把目光从种着杨树的花园里转过来时，我们称之为夏洛克·福尔摩斯的宾馆保安队长、写大字报的红卫兵负责人和翻译都已经站了起来，这表明会议已经结束了。"这样更好。"穿过长长的走廊走向出口的时候我这样安慰自己，否则又会给红卫兵负责人逮到机会把我归类为"走资派",在维护纪律和秩序的问题上说教一通。我们在宾馆的翻译劳小姐和我们一样年纪,是个温柔而善解人意的姑娘。她陪我们走到了我们住宿的南边拱形门。她猜测我们会惩罚小阳阳,劝解道:"不管怎样,别忘了他们还是孩子。"

1996年2月于波哥大

第二篇

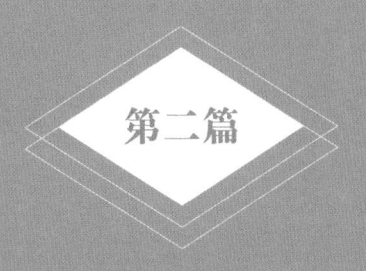

暴风雨来临

一个哥伦比亚诗人的烦恼

别管他,让他在那儿大放厥词吧。

诗人霍尔海·雷伊瓦来到餐厅,我一时没察觉他正生着气,直到他和我们一起坐在同一桌我才发现。同桌的还有阿尔丰索和其家人以及里卡多。霍尔海有一个吹嘴唇的习惯,似乎是要去掉粘在嘴唇上面的东西,就好像有人想要吐痰却没吐出来一样。这是他赶走晦气的独特方式,就好比要消除今天早晨这样的怒气。

他的鼻中隔有些歪,这让他说话时有重重的鼻音。但他是个有趣的人。他深谙说话的艺术,因为年轻时就开始写诗的缘故。

"这些美国佬!"他喊道,并吹着嘴唇,手里拿着菜单。

"您怎么了,诗人?是哪些美国佬让您这样动怒啊?"安娜·德·格拉尼奥问道。

"让他先点午餐吧,你们别这么没耐心。"阿尔丰索抗议道。

"巴基斯坦炸丸子。"霍尔海嘟囔着给服务员指了指菜单上的菜。

他还是皱着眉头,又开始吹嘴唇了。

服务员还没回来,霍尔海拍着手叫她。

"在这儿你不能这样叫服务人员,霍尔海。"里卡多纠正他。

"那要怎样叫？"他提高了嗓门说道，"难道要我拽着她过来吗？"

我们全都哈哈大笑起来，整个餐厅的人都看着我们。

霍尔海脸部肌肉松弛了下来。

我们安静地等待着，这时娜塔莉亚又开始了新一轮攻击：

"诗人，现在您可以把心里的别扭一吐为快了吧。"

"什么别扭？"

"美国佬的那个呀，难道您忘了？"

"各位知道我在中央人民广播电台工作……"

我们所有人都错愕地互相望着，他刚宣布了一个我们大家都知道的消息。

"那里有很多来自不同国家、说不同语言的同事，其中就有一位美国人……"他补充道。

"那又如何？"娜塔莉亚说。

"有个美国人姓里滕伯格。中国人都叫他李敦白……"

"哦，是啊。我认识他，还和他说过好几次话呢。"里卡多说。

"这个人不工作，天天在广播室里大放厥词，搅和中国人的政治斗争，帮助中国领导人'放卫星'……"雷伊瓦开始出言不逊。

烤肉都凉了。最后他拿起一串塞进嘴里。我们开始聊起最近发生的事件，"文化大革命"运动像一股巨浪席卷全国。阿尔丰索说他去上西班牙语课，到教室后半个小时都没来一个人，所以最后他也走了。他走出教室的时候，一阵震耳欲聋的喧闹声从语音室传来，班长走过来告诉他，如果他愿意的话可以参加反对校长的学院群众批斗大会。

"为什么要反对校长啊？"我问阿尔丰索。

"因为他是学院里的头号走资派。"

"诸位对里滕伯格针对我们的言论都不关心，"娜塔莉亚说，"喂，霍尔海，别管这些烦心事了，一次说个痛快吧。"

"他说我们哥伦比亚人站在保守派这一边，支持中国的赫鲁晓夫，反对毛泽东思想。"

"就只说了这些?"阿尔丰索问,"别管他,让他在那儿大放厥词吧。"

阿尔丰索眼里带着微笑,用手轻轻抚摸着四岁小女儿棕色顺直的头发,他的女儿和阳阳一样大。他的政治态度一直是很严肃的,不论从什么角度来说他都称得上是一名军人。"文化大革命"爆发的时候,他每天花十个小时翻译刘少奇最重要的作品,作品涉及了共产主义者的自我修养和如何成为一名优秀的共产主义者。我觉得从某种程度上来说,阿尔丰索属于强硬派,是那种会上纲上线的人,这一点儿也不夸张。他属于因为内战不得不离开西班牙的那一代年轻人,父亲是支持共和派的。由于这些历史原因,以及赫鲁晓夫向美国人靠近等政治因素,他支持斯大林。但是他政治上的强硬丝毫没有影响到他的幽默感、人际关系以及他原谅别人错误的方式。他不会强调别人的错误,而是视而不见。他也完全算是一位语言大师。

"我们写个大字报吧,告诉李敦白几个事实,要他明白他们在美洲大陆已经骚扰我们几个世纪了,不要在世界的另一头还要搅得我们鸡犬不宁。"我这么提议。

阿尔丰索没说什么话,但是他的眼神告诉我,我说得有点过了。然而里卡多支持我的观点。他说:

"对!如果我们现在不这样做,那么他永远也学不会尊重我们。我用英文写大字报,好让他用自己的母语看懂我们想说的话。"

大字报翻译好了,最后被放在餐厅的告示栏里。大字报在外国专家圈子内部掀起了一阵风暴,连续几个星期,甚至是几个月都不得消散。

1968 年 7 月于北京

06

动乱年代

定义无法确定的事情

乌托邦？大地震？末世灾难？"文化大革命"究竟是什么？历史学家们已经下了定论：这是一个给党、国家和人民带来严重灾难和损失的内乱。

不仅仅是在中国，在世界范围内，20世纪60年代都是一个关键时期。人类从广岛的燔祭走来，战争的阴魂未散。人类从未有过如此崇高的希望：世界大革命，塑造新人类。

有些人觉得毛泽东像政治哲学家马基雅维利，另一些人在他身上看到的是人类乌托邦中的最伟大的诗人。不管人们怎么想，他是震动全世界的新中国的核心人物，他的天才，他的梦想以及他的错误都将铭记史册。

还有另外一位主角：邓小平，那位个子不高的改革巨人。

我曾分别在四个不同的时期在中国一共生活了十七年。虽然并不是有意为之，但每段在中国的时间都差不多是四五年，好似遵循了天命一般。每段时光里，我见证了重要的历史事件，并且深入当地生活。我第一次在中国生活（1965—1969年）正好赶上"文化大革命"的开端

拉美儿童在毛泽东葬礼期间献花圈。

邓小平

和发展。第二次（1973—1979年）遇上了毛泽东逝世（1976年9月9日），而两个月前中国发生了几个世纪以来的最强烈地震，超过二十万人遇难。第三次（1983—1986年）是改革开放政策最终确立的时期。最后，第四次驻扎中国的时候（1991—1995年），中国开始被认为是世界大国之一。也是这一时期，从我个人生活的层面来讲，我第一次融入了中国人的生活：我和中国邻居之间只隔了一层薄薄的墙壁。

中国在过去曾经强大过，现在已经重新变得强大，而将来将更加富强。

元世祖忽必烈曾占领亚太地区与匈牙利之间的广袤领土。威尼斯旅行家马可·波罗赢得了这位蒙古首领的赏识，并于1275年让世界认识了契丹（古时中国称谓）。但中国的繁荣很早以前就开始了。

郑和（1371—1443年）被明朝皇帝任命为统帅，率领一支强大的舰队航行至霍尔木兹海峡。在整个波斯湾都有纪念他到访的纪念碑。

暴风雨来临 | 035

孔子像

人们常说启蒙时代的欧洲刚从中国这所学校毕业。那时的欧洲学者贪婪地学习中国思想。他们发现早在用贝壳和龟甲记事的年代，中国人就在阴阳相对之中发现了对立面相互斗争的思想起源。这项发明被莱布尼茨承认是二进制的始祖。让欧洲知识界无比震惊的是孔夫子（公元前551—前479年），这位中国的柏拉图创立的哲学伦理思想统治了中国两千五百年之久。

葡萄牙人和荷兰人只占领了印度的小块领土。印度于1757年在英军的铁蹄下开启了国门。日本仍然闭关锁国，让几支北美远征军吃了闭门羹。中国好像遥不可及。

"中国是一头沉睡的雄狮……"1793年被罢黜的拿破仑·波拿巴在他流放的小岛上对马戛尔尼爵士这样评价道。随后马戛尔尼爵士作为英王乔治三世的第一位特使前往中国。这句话一定让发达国家的统治者在随后的一个世纪里都无法安睡。

当马戛尔尼爵士到达广东省的海岸时，广东省长官将他作为英国前来进贡的使臣来接待。对于中国来说，其他的国家和领土都是藩属国、荒蛮之地。在经过澳门的时候，耶稣会的教徒建议他在中国皇帝面前要行叩头礼，即用额头点地九下向皇帝行礼。爵士拒绝遵循建议，最后从中国无功而返。耶稣会传教士们抱怨他们两百年的努力在短短三个月的时间内付诸东流了。

耶稣会教徒是继马可·波罗之后第一批到达中国的外国人。在中国这样一个非一神论国家，他们并没有立即展开传播福音的事业，而是以天文学家和语言学家的身份登场。几个世纪的时间里，他们只是

开国大典上发表讲话的毛泽东

在《劝世恒言》中赞颂中国人的美德。伏尔泰嘲笑他们的天真。但他们知道这是在中国大地散播天主教种子的唯一办法。他们创立了汉学，然而这门学科仅仅涉及中国文化这门高深学问的部分内容。他们知道如果一口吃下这么多营养会使他们丧命。

英国在19世纪成为世界第一大强国，只有她有能力撼动中国不可侵犯的神话。万能的金钱是一切社会进程的催化剂。借口英中贸易逆差，英国发动了第一次鸦片战争（1840—1842年）。自此以后，中国签订了一系列不平等条约，英法等列强一次比一次变本加厉地以赔款的名义从中国攫取上亿两白银。中国南方的港口因为这些条约而对外开放。香港、九龙等九处领土以九十九年的期限成了英国的殖民地。中国成了19世纪最大的战败国。从此以后，中国人被视为"东亚病夫"。国家被列强瓜分得四分五裂，长期的内部战争使中国人生活在水深火热当中。

清政府被其腐败侵蚀，于1911年灭亡。这标志着封建帝国的结束和民国的建立。然而短命的民国很快便陷入内战，中间还经历了第二次世界大战期间被日本入侵。

自1927年开始，中国共产党就针对蒋介石领导的国民党政权展开了殊死斗争，中国共产党的军队于1949年推翻了国民党政权。

1949年10月1日，毛泽东在天安门城楼上庄严宣布："中国人民从此站起来了！"如果不了解中国百年的屈辱历史，就不能深刻理解这句话的意义。要疗愈百年创伤并不是外交措辞那么简单的事情。

在社会主义体制建立三十年后，中国在20世纪70年代末期开始了改革开放的进程。从中华人民共和国的成立（1949年）到毛泽东逝世及"文化大革命"结束（1976年），这近三十年时间就像戏剧里的彩排，是几千年历史里的沧海一粟而已。

2005年7月于波哥大

07

耻辱柱上的电影工作者

瑞士钟表完美的机械装置分崩离析了。

我们聚在友谊宾馆主楼的俱乐部里。同层的客房不知为何开始让一群单身的人居住。那是春天行将结束的时候。种在花盆里的菊花在东门入口处围成了一个半圆形。每天下午,咆哮着的风带来了戈壁滩的沙尘,猛烈地拍打着墙壁,吹得波兰产的汽车左右摇晃。维克多是前哥伦比亚飞行员,他和我们一样作为西班牙语老师来到北京工作。这几天他整日不出门。他接连几个小时坐在一杯茶面前,出神地望着窗外的门廊,手边的茶几上放着装满开水的保温壶。没人知道为什么冬天已经过去很久了,他还戴着一顶可笑的俄国羊毛帽。前几天,几个愤怒的红卫兵销毁了他的16毫米摄像机。他曾梦想用它在北京拍摄一部电影。

我们是在波哥大认识的。那时候我们都感觉必须对我们认为的那一时期所有欧洲知识分子为之狂热的东西充满热情,比如意大利新现实主义、法国新小说、萨特的存在主义、加缪的人文主义……

在波哥大诗人莱昂·德·格雷夫常去的那家咖啡馆,我认识了维克多。那时候他刚刚告别了飞行员老本行,对每天把自己悬在高空中的工作已经厌倦很久了。并不是因为怕死,他告诉我,是因为有一天他感到选错了职业。每天早起,刮脸,然后用杠杆操纵着重达几吨的飞机高高升离地面。他尝试过很多其他的职业,但是都一无所获,只有电影让他感觉到一种类似于激情的东西。他放弃了曾经的事业,开始寻找一台16毫米摄像机,用来拍摄他自己的第一部纪录片。我从未想过我们几年后会在北京碰面。维克多到北京的时候,我从学校被借调到新华社工作,里卡多·桑贝尔也在那里做校对工作。我从内心深处把里卡多当作政治上的向导。

我和里卡多同乘一辆金龟子似的波兰产菲亚特出租车,一边聊着天。车以时速四十公里缓缓行驶,先是经过了种满竹子的公园,十分钟后又经过了广播电台漂亮的苏联式大楼,向右行驶一直开到西单,最后朝南行驶至宣武门。这古老的城门如今空留一个名字而已。他告诉我,毛泽东除了是政治家还是诗人,他会用不同于常人的方式来谈论事情。毛泽东的说法是,我们正在进入一个新的历史阶段——无产阶级人民向资产阶级的堡垒进攻的新阶段。新阶段?我寻思着,我们正在经历的一连串的事件,是一场分阶段进行的运动,而我还未深入了解事情的原委,不太能理解这些事情的意义。我不敢再多问,以免使我的困惑太过明显。然而我的大脑开始飞速运转寻找一种解释。在各自走向办公桌之前,我拉长了语调对他说:"所以,里卡多,你最近和我说的意思是,中国这个像瑞士钟表一样完美运转的机器开始分崩离析了。"他把熊猫牌香烟从嘴边挪开,看了我一会儿,做了一个我认为是表示同情的手势,抿了一下上唇,对我说:"我们一会儿再谈。"但是,似乎是后悔保持沉默,他用手夹着香烟补充道:"革命可不是像缝衣和唱歌一样轻巧的事情。"老王是新华社最好的翻译,上海人,他听到了里卡多的话,转向我又看看里卡多,说道:"缝衣和唱歌可能是很简单,但即使是这样,我也不会。"我给里卡多取外号"亲英派",他说的这番话听着像诗歌一样,我好像在哪里听过。

但是在哪儿呢？这并不重要，我从不问出处。

晚上，阿尔丰索·格拉尼奥、安娜·德·格拉尼奥、艾尔维娅、里卡多和我一同从餐厅出来，这时候沙尘暴也停息了。等待我们的是漫漫长夜，只有里卡多知道如何消磨时光：读戈尔·维达尔和索尔兹伯里的英文书，晚些时候再听BBC广播。宾馆北面不远处传来了说话的声音，大家都觉得是维克多的声音。从昨天开始他就没在餐厅出现过。我们从另一个单身房客格兰达那里得知的消息是，自从红卫兵打开维克多的摄像机，拿走了他在天安门广场拍摄的影片，他就开始绝食，每天只吃饼干、喝茶。格兰达是唯一一个听他说过事情原委的人，也是他来中国工作的介绍人。即便如此，维克多还是因为一个美丽的比利时女人而和格兰达怄气。这位比利时女人也是独自一人来中国工作，维克多第一眼看到她的时候就喜欢上了她，但他不知道怎样才能让她感受到自己的爱意。维克多让格兰达做传话人，用法语传话。可想而知，最后的结果是格兰达成了比利时美女的男朋友。

我们不知道究竟有多少政治原因和多少感情原因让维克多封闭自己，让他对这片遥远和奇特的土地有了更深刻的认识。在这里，他是一位西班牙语老师，而这之前他一生中唯一做过的事情却是开飞机。环境所迫，特别是60年代中期哥伦比亚支持古巴和越南，反对美国、反对洛克菲勒的抗议活动等一系列历史事件，把他带到了一个与他的计划相差十万八千里的大陆和国家。而此时他的全部生活却是围绕着电影展开的。他没日没夜地待在电影俱乐部里，把《偷自行车的人》或是特吕弗的最后一部电影看了不下十几遍。这一点让我和他惺惺相惜。

1968年4月于北京

08

第一次回国

在中国待了四年半以后，我们乘轮船回哥伦比亚。在香港的August Moon旅馆住下后我们就开始研究行程。苏伊士运河在第一次阿以战争后就关闭了，因此从亚洲到欧洲必须绕过非洲大陆。这样一来，行程耗时至少要三十天。另一条航线是穿过太平洋，里程更短，可以在横滨、夏威夷等港口停靠，但是没办法让我们访问西班牙。最终我们选择了绕过非洲的较长的航线。那是1969年10月，香港正值气候宜人的热带秋天。

轮船起航驶向欧洲的前一天，我们兜里揣着船票准备最后再逛一次香港。因为担心治安问题，我们从来没去过香港南边。这次趁着天亮的时候，我们搭乘了一辆往这个方向去的公交车。我们仿佛来到了一个完全不同的城市：告别了公共或"私人"大型酒店、宽阔的街道和豪华的商场，尽管一排排商业广告还是不停地映入眼帘，但是商店看起来越来越小而破。街两边是快要倒塌的古老建筑，窗台上晾晒着衣物，就像罗马的贫民区一样。到了这里，我们几乎看不到"中产阶级"的影子。

沿着铁路的轨迹前进，贫穷的景象更加一览无余地展现在我们面前。那是几个小村落，周围是简陋的破房子。从我们乘坐的巴士的二层可以看到和波哥大"棚户区"类似的场景。到处是用各种材料建起来的房屋：木棍、纸板、茅草等。在"房间"里面——更多的时候就是在露天里支起的简陋的厨房里面，好一点的情况下炉子里烧的是煤炭，而那些最贫困的家庭只能用柴火、破布或废纸。锅里熬着味道发苦的豆腐汤或是面条。这就是香港人生活的世界：一个强烈的反差，富有和贫穷之间的巨大鸿沟。正是由于这个原因，香港人反对英国统治的抵抗运动愈演愈烈。

我们来到了"渔人岛"，这里成千上万的香港人以捕鱼和一直不怎么景气的旅游业为生。蓝色的汪洋大海中，渔夫们的小帆船与上层中国人和英国人的豪华游艇擦肩而过。

我们要离开香港的这一天终于到了。酒店的楼层服务员早早地叫醒了我们。我们把这几天的脏衣服塞进箱子里，一名轮船公司的员工陪着我们到达了港口。一只小船正等着我们。

轮船公司的职员在小船上向我们指了指将运送我们去欧洲的法国轮船。它在靠海更里面一点的地方，35号泊位。尽管和其他停泊在港口的远洋轮船相比，我们这艘显得很不起眼，但它仍有一百五十多米的长度和八千吨的吨位。小船快速地行驶着，船舷外的引擎在水面划出一道痕迹，小船在海面摇摇摆摆。

随着不断靠近，法国轮船在我们眼前越变越大。舷梯已经搭好。登上轮船，我们感觉自己像是被高悬在辽阔的大海中央。舷梯上的绳子随着我们和身后的搬运工的运动摇晃，而我们已经开始想象我们要在这艘轮船上度过的一个多月的生活了。甲板上几个船员看着我们小心翼翼地登船，挥着手欢迎我们的到来。一位职员在通向中间船舱的甲板上接待了我们，给我们指了指我们将要入住的寝舱。寝舱是一种小型的公寓，曾经是船长的住处。由于这是一艘货轮，他们给我们提供的住宿条件和船长的级别是差不多的：两张宽敞的床靠着船舱的墙壁，一个有热水的浴室，一个衣橱和一个写字台。一个小圆窗让我们能看见永远变化莫测的大海和其他的船只。

由于没什么事情好做，我们开始看陆地上的起重机搬运货物。这时，轮船上的三把手来告诉我们，这艘轮船直到半夜才会启航，如果我们想的话，可以回到陆地上在香港度过这剩余的时间。但是那时我们已经没有回到陆地的欲望了。在这个新环境下，我们还觉得有点陌生，所以我们只想待在那儿，听着长官和船员之间的叫喊和号令声。

一个小时以后，另外一个乘客来到了我们的寝舱。他是这艘轮船所属公司的退休职工。在我们四个乘客当中，他算得上是"老手"了。在这样一种环境下，人们很容易建立友谊。让·马莱先生想炫耀下他对这艘船每个角落、每个人的丰富知识。我们觉得他像是我们在这个陌生城市的向导，就跟着他逛了逛船上不同的甲板区和指挥台，还和他一起去了餐厅、酒吧、洗衣房、上层甲板的乒乓球台、网球场和游泳池等。他没带我们去的地方是禁止参观的下层甲板，那里是总厨房、大粮食仓库以及机械师、舵手等普通船员的寝舱。大约半夜十二点半，轮船慢慢地驶离了港口。

原载于《克洛莫斯》杂志（哥伦比亚波哥大），1971 年 1 月 25 日

09

住在中国不是一年，而是许多年

一个在历史长河中一文不名的"大鼻子"

很少有人能讲述这样一个故事，一个像我们这样的哥伦比亚家庭，在中国生活了这么多年，已经成了中国人或者半个中国人的故事。这仿佛是命中注定的一项不可推卸的使命：三千两百万哥伦比亚人中，只有我们四个被召唤完成这项使命。

第一次来中国的时候我们还是那么年轻，世界在我们面前变小了，即使是要走过可以想象的漫长距离，预感到要和同我们有全方位差异的人们一起生活：性格、思维方式、喜好的食物以及走路的方式都会特别不一样。但是在这里生活了十七年以后，我们才发现差异并没有我们想象的那样大。当然有些根本的东西，比如时间观念，悲伤或是高兴情绪的表达，即使是由相同的心脏收缩舒张而引发的，有时候呈现的方式也有所不同。

从1965年，我们四段中国之旅中的第一段的开端之年，直到今天，已经过去三十年了。世界经历了最激烈而难以预见的巨变。中国也结束了与世隔绝。现在如果一个外国人走在北京的大街上，已经不再被看作是外星人了。那时候北京的外国人很少，在任何一条街上碰上另

艾比娅前往她教西班牙语的公社。

一个"大鼻子",双方都会惊诧不已。北京现在已经变成非常现代化的大都市。一些东西方精神上的差距也在缩短。

每次我们波萨达家庭被介绍给其他哥伦比亚人或拉美人的时候,当得知我们在这里生活的时间,他们都无法掩饰惊讶和好奇。每次必问的问题是我们如何到达中国的。而他们对我们的答案总是无法完全信服。

我们来中国的缘由很简单:1963年,我们作为哥伦比亚代表团的团员,受古巴人民对外友好协会的邀请,前往哈瓦那。同行的还有其

一家人在中国。

他哥伦比亚人,如比亚尔·博尔达。在那里,我们和中国大使馆签订了合同。当然,他们不需要我们来成为宇航员或是国务部长,而是需要我们来做西班牙语老师。我们记得那时候中国在世界上孤立无援。不仅美国把前往中国工作的美国公民看作是叛国者,而且一场关于中国和苏联谁秉持的才是真正的马克思主义的激烈争论使中国成了一个必须自给自足的国家。他们不得不重新发明创造现成的一切。

我们不属于外国英雄的那一代人。那个英雄年代是属于在延安住窑洞,在战争中遭遇国民党的枪林弹雨,跋山涉水的那些人的。然而我们自豪地宣布,在离今天还不是很遥远的60年代的中国,我们占有配角的一席之地。那时候的中国极度缺乏石油却不知从哪里寻找。公交车的排气管和发动机连着管道来收集粗挥发汽油的残余物。物资极度匮乏,人们的粮食是凭票供给的。一些比我们先到几年的外国专家朋友告诉我们,有时候人们只能吃树叶为生。

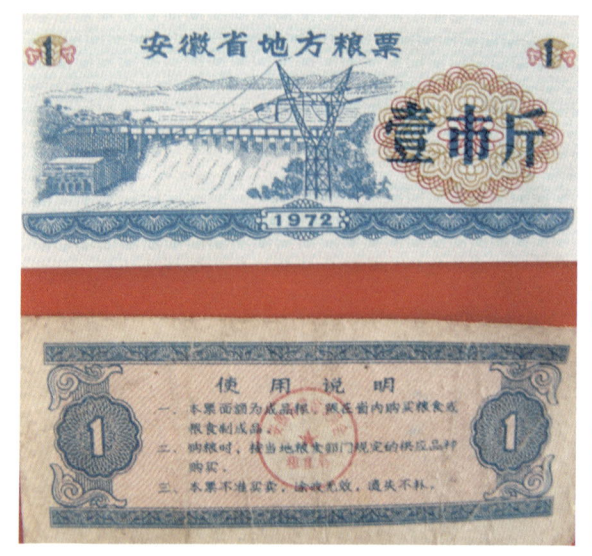

粮票

在飞机场,我们从飞机的舷梯上下来的时候天已经黑了。来机场接我们的中国陪同人员有四位:除了我们将要工作的外交学院的副院长兼西班牙语系的系主任以外,还有一位捧着粉色牡丹的女老师、一位行政人员和一位司机。

伴随着早晨清脆的鸟叫声,我们醒来后发现的第一件事情,就是多年前马努埃尔·萨帕塔·奥利维亚曾经告诉过我的也令他印象深刻的事情。北京友谊宾馆其实曾是在三千名苏联专家撤走之前为他们建的住所。透过宾馆五楼的窗户,首先映入眼帘的是冬季的苍穹下,矮小的松树林里,一群男男女女在跳一种速度很慢的、仪式般的舞蹈。他们好似跟随着内心的节奏,时而舒展时而弯曲着手臂。一开始我们认为这些奇怪的人是因为某种特殊的原因和外国人住在一起。但是后来我们得知,他们像千千万万的中国人一样,到了一定的年纪就会开始进行一种和武术有关的古老体操:打太极拳。

打太极拳

　　到了中国的第二天,我们口袋里有了一些人民币,虽然不清楚具体是多少,但应该足够我们维持几天时间。我们对此并不过分担心,甚至也不急于弄清楚我们每月的工资将是多少。中国人和我们都还没提到类似于工作合同的东西。

　　出发的时候我们觉得自己像是"新哥伦布"一般要重新征服中国这片黄金之地。不过和哥伦布不同的是,一部分先驱比我们先到了。第一天早晨去餐厅吃饭的时候我们就碰到了他们。命运真是神奇!在一百来个拉美人当中,有几个我们的同胞:法乌斯托·卡布雷拉和他的两个还是青少年的孩子——塞尔希奥和玛利亚内拉;里卡多·桑贝尔·卡里索萨；阿尔丰索·格拉尼奥，一个在共和军阵营里打过仗的西班牙人，后来和一个哥伦比亚人结了婚。另外还有一些来自欧洲各地的人。每天，特别是去餐厅吃饭的时候，耳朵里传来二十五种语言的声音，我们像是身在巴别塔之中。餐厅二十四小时开门，好让我们不用操心一日三餐，可以专心工作。

那些年很多中国的东西都让我很喜欢：公寓的门可以用钥匙锁上，但是我知道门敞开着或是上了锁都一样；生活的节奏很慢，到哪儿去都不着急；车子不是在马路上飞驰，而是慢慢地滑向目的地；金钱好像不流通似的，因为我们不交房租、不交税，孩子们上学也是免费的；至于交通方面，跟有自己的私家车差不多，因为每天都有一辆出租车把我们送到工作的地方，而且为了节省汽油，他们总是在那儿等着，直到我们下班再把我们送回去。尤其是人们不会觉得自己被商业广告牵着鼻子走，因为电视和大街上根本没有广告的影子。报纸就更不用说了，一个西班牙语字母都没有。

今天，所有的一切都改变了。视觉污染程度和香港的一样。这是改变的代价。然而没有改革，中国就没法生存。

我们到中国后不久，"文化大革命"就开始了。在那样一种非理性和代价惨重的斗争中，甚至连家人和夫妻之间都会反目。在这十年中，中国更加孤立闭塞了。其工业产量一度告急，在北京甚至出现了食用油和火柴的短缺。而作为外国人，我们在这里的日常生活所需倒还没有短缺过。毛泽东逝世以及"四人帮"倒台以后，中国实行了改革开放政策，经济腾飞，人民的生活水平也得到了极大的改善。这是中国正在经历的新篇章，而我们有幸与之同在。

原载于《今日中国》杂志（北京），1995年9月

10

在中国学到的二十二课

请读者跟我一起回到20世纪60年代中叶，那时候世界被分为两大阵营：一个是苏联领导的社会主义阵营，另一个是相对立的以美国为首的资本主义阵营。我到中国的时候才二十五岁多一点。1949年10月，中华人民共和国宣告成立，此前两个月美国驻旧中国最后一位大使司徒雷登收拾行李告别了南京。跟随他的脚步，其他西欧、拉美、日本及非洲大陆许多国家的外交使节都相继离开。中国同世界的接触仅限于周边邻国和东欧。然而1965年2月，我带领着一个四口之家，作为西班牙语专家来到北京工作。这时不仅西方国家将中国包围起来，连北方的苏联也压迫着中国。

在几年时间里，许多第一次见到的场景常常令我们心惊肉跳。比如，马儿拉着的二轮地排车上载着一些绿色的铝桶，马车夫和他的助手在北京的大街小巷里收集下水道里的排泄物。我问里卡多·桑贝尔这是怎么回事，他是比我们早来中国两年左右的哥伦比亚人。他回答说："在这儿看到什么都别惊讶。那就是我们新华社的校对专家们戏称的'有机化肥'。中国还很贫穷，但是没人在大街上游手好闲。一日三餐没饭吃等于给国家丢脸。但说实话，如果要我以收集粪便讨生活，我是不会干的。"

到了北京之后，我便决心克服我对中国历史知识的缺乏。我开始

与办公室同事野餐。

跟随我们《毛泽东选集》西班牙语版翻译团队的二十名同事学习，他们是中国最好的西班牙语翻译。就这样，我了解了英军侵略中国的历史：第一次和第二次鸦片战争，以及德国、法国、俄国、意大利、奥地利、美国以及日本列强们对中国领土的践踏。那简直是一系列的无耻行径。他们强加给中国人"东亚病夫"的称号。不难理解，当八国列强在中国犯下干涉、欺凌、破坏等罪行的时候，西方哲学的杰出代表人物弗里德里希·黑格尔会说出中国从未有过有民族自豪感的故事或诗歌这样的话。

当黑格尔说这番话的时候，离《中国科学技术史》的作者李约瑟和《中国：发明与发现的国度》的作者罗伯特·坦普尔出生还有差不多一个世纪之久，他们在书中介绍了几百项印有"中国制造"标签的发明创造。不过黑格尔起码应该知道中华民族是印刷术、指南针、造纸术和火药的发明者。这足以说明中国人的聪明才智。

作者作为志愿者去收割稻谷。

说完了这些,我可以开始讲述我在中国十七年生活中所学到的第一课,那就是他们顽强的生存能力。在我初到中国时,他们不仅仅是面对外部威胁,而且更重要的是面对内部物资极度匮乏的生存威胁。无论在任何历史时期,中国都拥有世界上最庞大的人口,因此这种匮乏是全方位的。中国巨大的人口基数使得不管国内生产总值是个多大的数字,摊到每个人身上的分量都差不多只有一个中等发展中国家的水平。

正是刻在石碑上、世世代代发生着的贫穷和匮乏，以及一系列可以想象的耻辱，造就了中国特殊的伦理道德观。不同的事情遵循不同的规律。这是我在中国的生活里学到的第二课。

我学到的第三课和时间观念有关。要从我们的纪事观念中找到与之相对应的，就不得不考虑到中国有着几千年的历史，而我们的历史只有几个世纪而已，这就不难理解双方在事物感知上的错位关系了。在世界上存在了这么久的时间，一定给中国人烙上了十分独特的印记。

长远计划对中国人来说是未来工作和国家发展的指南针。当中国已经改革开放了以后，我和一个团队一起将毛泽东的二十八首诗歌翻译成西班牙语。两年时间里，我们有时会为一行诗文的意思争论好几个星期。这让我明白了中国人的字典里没有"永恒"二字，他们这种对时间流逝的理解我认为应该称之为"超越时间"。

我学到的第四堂课与我称之为思想的相对性有关。它和爱因斯坦的相对论不同，不是反映时间和空间的关系，而是有关于人的思维。这种相对性一定是从阴阳的辩证法而来的。从我和中国人的直接接触中，我了解到，没有任何事情是绝对的，相同的原则结合了具体的形势条件也会有不同的结果。在和中国人相处的漫长时间里，我学会了一点，就是很少有哪个民族像他们一样灵活多变、顺应时势，善于和解和协商。在某些情况下，看起来很确定的"不"第二天就可能变成一个"是"。否定变为肯定似乎更加容易，反之则没那么简单。

我的第四次中国之行（1991—1995年）是因为我再次回到北京工作。我的工作单位是中央编译局，局里让我在其结构复杂的宿舍里居住。宿舍坐落于粉子胡同，离故宫仅两个街区。彼时中国的改革开放正如火如荼地进行。在办公室里，我们开始翻译《邓小平文选》。

不同于那么多年住在外国人的专属住宅区，我们知道要过中国式的生活就好似从头学如何生存。我知道我将面对很多限制和困难，但没有翻译，以我自己的能力和我对中文的理解来解决每天发生的事情，这样的想法深深地吸引着我。工作的第一天，同事学风（音译）领着妻子和我（因为学习的需要，这次我们把孩子们留在了哥伦比亚）来到了一楼的长方形食堂。她给我们指示了存放饭盒和筷子的带锁木柜，每天人们在一个公用大水池里洗刷完毕后就将碗筷存放在那里。她又带我们到窗口用人民币买了一星期的饭票。才中午十二点，食堂窗口前就排了长长的队伍，窗口里摆着大饭盆和装着蔬菜和肉的大盘子。排在我们前面的二十几种语言的翻译们纷纷给我们让路，但我们友好地谢绝了他们的好意。我们知道这天开始我们必须摒弃之前三个阶段作为外国人的特权。这第五课，我们可以称之为学习中国人谦逊的生活方式。

我在中国学到的第六件事情和上一课有关，也发生在同一个集体食堂里。我发现很大一部分人会装满饭盒走着吃饭，而不是坐在桌旁慢慢享用，为的是快速回到办公室在沙发上或是两张桌子拼成的床上睡午觉。可以说，即便中国人曾经历过大饥荒，睡眠对他们来说也比饮食更重要。

1994年，中国政府决定把每周的法定工作时间从48小时减少到40小时，因此，周六不再是法定工作日。这个决定颁布后的第一个周六，我去办公室取一些文件。但当我到了办公室的时候，让我惊讶的是所有的中国同事都坐在办公桌前。我问他们为什么周六还来上班，他们回答说周六在家消遣太无聊了。我这才明白，对于中国人来说，工作不仅仅是谋生的手段，而且是人存在的理由。这是我学到的第七堂课，同时也解释了为什么中国人有这么强的竞争力。

下面是我学到的第八堂课。我不喜欢"人走茶凉"这句中国谚语，并向一位同事表达了我的观点。"这些事情别太当真，"他回答我说，"这要取决于是否主人和宾客都允许茶变凉。'路遥知马力，日久见人心。'"这些谚语让我很惊讶，而且经过长时间的验证，我发现它们都说得很在理。一个人第一次来到中国，人们称他为"朋友"，如果他再次回

白求恩

来并且留下来,人们就会称他为"老朋友"。

"老朋友"这个称谓还有其他与历史时期以及外国人同中国人友谊的程度有关的级别划分。首先是那些"英雄友人"。他们在20世纪40年代的解放战争中同中国人肩并肩作战过,例如加拿大医生诺尔曼·白求恩。其次是"历史友人",那些在革命根据地延安艰苦奋斗以及帮助中国建设新生的社会主义国家的外国人。最后是中国人民的"老朋友",没有其他的修饰语,却同样重要,因为我们在中国人的记忆里是为中国社会主义建设贡献过力量的外国友人。这是我学到的第九课。

我学到的第十堂课是年龄,又是和时间有关。很少有事情能像这样确定。尤其是女性,她们的外貌到了三十五岁以后有了很大的变化:她们不再扎着麻花辫,而是在脑后扎一个发髻;不再穿花色的裙子,灰色和黑色成了她们偏爱的主色调。

让我吃惊的是，在我第四次在北京工作快结束的时候，我刚到四十岁，中国人不再喊我"小恩"（恩里克的恩），而是叫我"老恩"。

然而，"年长"在中国人眼里不仅仅是人生之路行将结束，即将享受退休的权利，同时也意味着积累了丰富的经验和值得人们的尊敬。在中国社会，老人就像是一所学校。

第十一堂课："外表和内心一样重要"。虽然我没有找到这句话的文雅表达，但是在现实生活中有十分残酷的例子，比如古时候女人都要裹小脚，以便符合男人们强加于她们的美学，就像现在的女人要穿高跟鞋一样。

第十二堂课："写下的文字比口头承诺更有权威"，这是一条不成文的法则。这是一种对白纸黑字的尊崇。对此，毛泽东不得不写文章《反对本本主义》加以批驳。

第十三堂课：三年前我的朋友菲德尔·杜克问我中国人的思想属于哪一种，我没法回答他。之前我从未想过这个问题。中国人的思想中包含着法国的理性主义、康德的实证主义、非洲的魔幻主义以及印度人的泛灵主义所不具备的概念和结论。但是这个问题如果不是杜克问，我可能一直无法想明白。那时候我开始觉得这种思想的根源是中国的汉字。我总结出，这种象征性的思维是因为中文这种表意文字是从图画逐渐演变成带有含义的汉字。就像巴勃罗·毕加索感叹的那样："怎么中国人生下来就可以一边画画一边写字！"我再补充：还可以用这种符号来思维。

第十四堂课："丢脸"看起来似乎只是一个中国人的日常用语，但它有着很深的含义，好像脸面是灵魂的同义词。也许西班牙语里意思最接近的表达方式是"caer en vergüenza"。当有人撒谎被发现或是显得极其无知而落入窘境时就会用到这个词。比如2008年北京奥运会的开幕式上，有些西方的媒体宣传关于中国历史展示的表演是用电

汉字的演化

脑剪辑完成的。而实际上中国人用的是皮影戏，一种中韩两国共有的传统技艺。就这样，美国有线电视新闻网（Cable News Network）和它的同行们因为说了不合时宜的话而"丢脸"了，第二天他们照常播送，甚至没有一个简单的道歉。

第十五课：我觉得没有什么比智慧更让中国人崇拜的了，不仅仅是人类智慧，动物智慧也让中国人推崇至极。在古典名著《西游记》中美猴王孙悟空是一个技艺高超、聪明绝顶的角色。因为是聪明才智的体现，所以，他的一些狡猾行径并不遭人质疑。

第十六课：孙子兵法源于大众而又传奇的智慧。人们从孙子兵法中学到诸如"知己知彼，百战不殆"和"不打无准备之仗"这样的原则。

第十七课，像闪回一样把我带回到1976年，中国发生了一个世纪以来最强烈的地震。那时候我和妻子、我们的小儿子住在军用帐篷

唐山大地震时，作者妻子和友人在临时帐篷里。

里，而我正在修改《中国建设》杂志的稿件。尽管灾难当头，中国人还是坚持出版。

第十八课是有一次我从西单大街去天安门的路上闯了红灯。走了一百米后，一个路过的警察叫住了我，对面就是毛主席的画像。他请我出示证件，责备了一句就让我走了。我以为这种违例行为不至于会收到传票，就离开了。然而事实证明我大错特错！几天以后，在我的

暴风雨来临 | 059

市民庆祝香港回归。

工作单位，一个同事拉着我去看墙上的公示栏，上面公布了写着我姓名和工号的违反交通规则通告。我宁愿罚款也不要这样的惩罚。

第十九课：我想象过中国人在经历了这么多战争和革命以后，生活中会有很强的进攻性。然而，一次，一个人骑车从我前面横穿而过，使我不得不在十字路口紧急刹车。面对我握紧的拳头，对方却只是微笑了一下，这让我觉得中国人和我们的反应方式是那么的不同。

第二十课和我们到达中国两个月后我们的大儿子得了脑炎有关。有一个护士，我们叫她"天使"，因为她的献身精神让我们感动。她给孩子的后脑勺敷冰块。两个星期里，我们的孩子生死一线，我不知道这位护士是否回过家。

第二十一课：我们小儿子学校的一位老师对孩子们进行"忆苦思甜"教育，让他们吃在中国最困难的时候吃的玉米窝窝头。我们的儿子尝了尝觉得很好吃，举手又要了一个，而这却惹恼了老师。

第二十二课，我认为说中国人都是集体主义那是西方的观点。毛泽东在他最初的几篇文章里因为某种原因把中国人比作一团散沙。他把这一团散沙凝聚在了一起。

20世纪70年代后，中国迎来了另一位领导人——邓小平。他用那句简单的"一国两制"开创了新的历史。这一体制使得极度资本化的香港回到了一个社会主义的，仍然神秘莫测，欠发达但是走在腾飞之路上的祖国的怀抱。

就到此为止吧，我们不要在领会中国人如何思考和感受的问题上走得太远。不然，我们就会触犯不知是中国人还是外国人所写的关于尊重中国的一番评论："有的外国人来到中国两周后就写了一本两百多页的书；有的人在这里待了十年只写了一篇文章；也有的人在这里待了三十年或四十年一行字也没有写。"

我学会了这么多事情！教会我的有中国人，也有到访这个国家的外国人。让·保罗·萨特说过的一句话让我印象深刻："一个人到过中国，那他就不再是原来的那个自己了。"中国在我身上刻下的烙印一直保留着，在我去中国的时候，回到哥伦比亚的时候，返回北京两次、三次、无数次的时候。

2010年3月于波哥大

11

在一个带院子的房子里，
象征友谊的葡萄

不知道一平方米土地价值几何

70年代末的时候我们认识了韩。那时候我们到处寻找一个会将一系列古代的石头雕刻画上的内容复制到宣纸上，再将宣纸画上的内容染到丝绸上的人。我们称这种画为"漂浮画"，因为要用指尖从水中拿起漂浮的纸张，再把它放在事先印染过中国染料的模板上。画的内容最常见的是人物和动物图案、播种和丰收、马、大车等。原始画作带有很明显的印象派风格，用黑色的图像展现在白纸上。许多画作就是这样展示并买卖的。其他的则在作坊中用各色染料重新上色。我们的朋友秘鲁作家奥斯瓦尔多·雷伊诺索在家里的墙上挂着这样的画。我们告诉他也想用同样的方式装点我们的客厅，他告诉我们可以去小巷中寻找这样的作坊。他向我们推荐的一个作坊有一对夫妇，丈夫韩先生专门从事齐白石传统画派的制作，画的内容大多为鸟雀、蝴蝶、公鸡、猫头鹰、螃蟹以及其他小动物，妻子孟女士多年来潜心制作各种丝绸画。那天下午，我们以民族文化宫为参照，向北走进了一个纷

民族文化宫

繁如迷宫的古老街区。因为地处紫禁城的外面,我开始称它为"外城"。

距离人民政协礼堂那美丽的哥特式建筑前一个街区的地方,我们朝东走进了一条胡同。作坊在这条胡同南边 8 号。进口处有一个装着两扇厚重木质大门的宽大门廊,屋檐是上了黄色和绿色釉色的瓷砖瓦。

从外面看，房子的侧面是用同样的波浪状屋檐装饰的灰色高墙。但是从门廊往里面走，才可以看出整个房子真正的理念：中央一个大院子，被四周四间大房子围着。再往里面去还有一些单人房间。院子的中央，一根根竹竿支起的架子上，攀爬着葡萄藤的藤蔓。所有的这一切都是按照祖先梦想的样子陈设的。

韩先生的工作室在进门左手边第一间屋子，而中间那间大一点的屋子是他妻子的丝绸工作室。在一张宽大的桌子上，摆着纸张的托架和浸在树脂里的天然丝绸。孟女士在桌上摊开宣纸画。当她用碾子碾过质地粗糙的纸张的时候，人们会觉得那纸张脆弱得一碰就碎了。但是，就这样，一张光滑的印染画就做好了，一点儿褶皱也没有，画面紧紧地贴着丝绸，就好像是用同样的材料制成的一样。

1979年我们告别中国时承诺还会再相见。那是我们第二次来中国，我和妻子都是外国专家。我们不知道从哪里得到想法，但一定是内心某处油然而生一种执念，坚信既然我们和中国人在他们生命里这样重要的时代一起生活过，那么我们没有理由不再回来。我们万万没料到的是我们后来是以外交官的身份回来。

1983年我们又重新开始和这对夫妇频繁地交流拜访，不断地要求他们将"漂浮画"上的内容转换到丝绸卷轴上。

第四次回来，那是1991年。1986年我们结束了外交使命回国的时候，我们也没想到我们会作为专家再次来到北京。而且这次我们竟然和韩家夫妇成了邻居。

孟女士除了继续制作丝绸画以外，还完成了许多修复古代典藏作品的精细工作。韩家更加繁荣兴旺了。他们找人把外墙重新修整，门廊上漆上了鲜艳的色彩，安装了电话。他们的女儿根（音译）开始学习法律，在她自己的房间里学习使用电脑。

过了一阵子，由于种种原因我们几个月没见韩家人。我们想知道他们的近况，就拨通了他家的电话。令人惊讶的是无人接听。当我们前往小区西边去找韩家人的时候，却看到那里房子的一面面墙上都写了大大的"拆"字。难道韩家的老房子也要被拆除了吗？这让我们很是担心。但这是整个街区无法避免的结局，尽管有着两百多年的历史，却不被视为文化遗迹。

在中国，艺术文化价值要用更实际的数字来考量。经济发展"大爆炸"使得亿万人口堕入了消费的大旋涡。这使得所有的物价飞涨，尤其是土地的价格，只有东京能与之相提并论。

70年代的时候，韩家人拥有了一套美丽但没有确定商业价值的房子。十五年以后，他们住在了一块在国际上可以衡量的，和大都市东京价值差不多的土地上。这样一来，在市场经济条件下，平房和巷子的维护成了一件浪费土地资源和无法想象的资金的事情。此外，未来的律师小根告诉我们，土地的产权仍属于国家。北京市政府的计划是在这块土地上建办公和住宿楼房。在这条胡同8号建起的公寓楼里，韩家人将拥有一套自己的住房。再也没有地方作图画工作室了，也没有地方用钉子挂着鸟笼了，也不再有挂满沉甸甸的葡萄的葡萄藤了。换来的是，他们冬天会有集中供暖，夏天有空调，以及对他们制作图画发出一丁点声音就会抗议的上下楼邻居。韩先生倒是可以随处竖起画框作画，但孟女士需要大空间工作的条件已不复存在。她才刚到五十岁，还没准备悠闲地度过退休后的生活，因此她热切地寻找可以继续工作的地方。也许解决方法是她和其他同行共同在"外城"仅剩的几间老房子里租一间；也许她能在海淀区即将建设的文化中心找到一席之地。与此同时，挖掘机电铲的轰鸣声还在继续，没时间停下来怜惜老韩家那美丽的带院子的房子，以及其他许多间曾经用于居住的老房子。

1992年8月于北京

第三篇

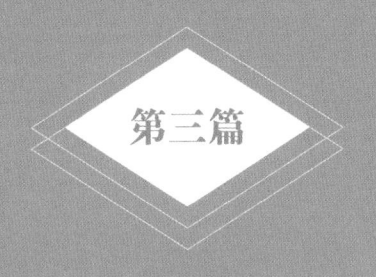

巨变的年代

12

改革开放的前奏

斗争留在身后

1978年以前,中国的状况是政治上不稳定,经济上勉强维持平衡,特点是由低内需造成的低通货膨胀率的经济衰退。

十年内(1966—1976)接踵而至的政治斗争在全国范围内造成的大动乱,到这时已经基本平息,但是某些国家政策方针继续带有"左"倾思想。

毛泽东逝世前夕(1976年9月),"文化大革命"即将落幕。尽管此时没有像大跃进(1958—1960)时期那样造成全国性的大饥荒,但事实上经济增长几乎停滞,国家的生产机器缓速运行,甚至像北京、上海和天津这样的大都市都出现了生活必需品的短缺,更不要说那些从古至今的落后地区,如中国西北和广大的西部地区。必须加紧对商品价格的控制并对计划经济采取新的刺激措施。

官方的宣传反映了一种爱国主义和国家至上的意识形态,每天喊着无私奉献、不追求个人享乐、集体利益至上等口号。那一时期,人们高举反对利己主义的旗帜,为实现从社会主义初级阶段迈向社会主义高级阶段的目标奠定基础。殊不知事实上,一方面,中国还没能按照马克思的设想完成能够支撑所有上层建筑的经济基础的积累,从而达到国民收入的平均分配;另一方面,中国人的思想意识还没有发展到这样的典范水平。

1978年,邓小平的改革力量占据了上风,从此中国开启了发展的新篇章,开始了向"社会主义市场经济"新时期的过渡。这场变革的动力是,盲目"左"倾的政策牺牲了一代人整整十年的时间,人民群众中的大部分群体对于这样的斗争已经感到厌倦。

面对前一时期的政治经济版图,1978年及随后几年开始的改革从经济理论基础着手,质疑原先的价值理论:1.在工人阶级最终掌握剩余价值的前提下,寻找经济发展的动力;2.国家的基础设施、矿产、农业、基础建设、商业和金融领域是国家的财产,并且保证国民收入按社会主义方式分配;3.一些被认为是资本主义特有的现象,如经济的增长和衰退的周期等在社会主义体制下不存在,供求关系也在社会主义体制下失去效用。中国经济领域的领导人,虽然没有明说,但不言而喻地承认了经济法则的运行并不存在一条将世界一分为二的界

改革开放

深圳特区的前身

线，一边是资本主义经济，一边是社会主义经济。以控制市场价格为核心的计划经济可以在一段时间内抵抗供求关系的力量，但付出的代价却是市场需求的紧缩。因此从1949年共产党取得政权直到1978年这整个阶段，中国很多地方几乎没有建设新住房，许多家庭不得不从爷爷到孙子三代同堂共居在18到25平方米的狭小空间内。"一切为了社会主义积累"是那时的口号，因此也并没有实现国民收入的公平分配。为了预防随时可能发生的来自美国或苏联的入侵，国防预算总是占国内生产总值的6%到8%。

邓小平于1978年开始的改革包含了国民生活的各个方面，从政治军事到经济文化。中国宣布要实现工业、农业、国防和科学技术的四个现代化。

经济领域的改革从消除既有的对市场上商品价格的控制开始，任其依照供求关系的原则发展。这是带动生产的开端。接下来要进行的是对收入增长的规范。以前工资的制定由国家经济部门临时颁布法令，工资标准是不知道遵循什么样的法则计算出来的结果。如果不通过增长人民的收入来提升其消费能力，就不可能使国民经济从持续性的衰退中走出来。

中国经济改革的另一项意义重大的举措是颁布了《外资企业法》，开创了中外合资混合所有制企业的新模式。这意味着一次深度的革命，以前吸收外国投资和对外销售石油等国有资源会被认为是叛国。

与这些政策同步推进的是经济特区的实验。中国的第一个经济特区在广东省的最南端建立。为了吸引外资，经济特区在土地价格、税收政策、劳动法规等方面出台了一系列规定。邓小平曾评价：这些经济特区是试验田。这是发展模式的实验。它是"中国特色的社会主义市场经济"还是"新儒学资本主义"？就像邓小平多次表示的那样，历史会给出答案。

1995年4月于北京

13

新儒教中国和消费主义

比数据更惊人的是变化的速度

"中国奇迹"震惊了世界。它的变化已经无法用传统的经济分析方法来研究。这个经济体在十六年的时间里让她十三亿居民的人均收入翻了一番。完成同样的伟业,美国花了九十年时间,日本则花了六十年。

在二十多年时间里,中国的双向进出口贸易从1978年的260亿美元增至2004年的8000亿美元。外国投资20世纪80年代初刚刚迈过零点大关,到如今已经进入世界前列:每年570亿美元。通货膨胀率保持在可控范围内的6%,失业率也只有4%。

中国的国内生产总值位于世界第二位。许多汉学家和国际分析家都一致认为中国将在21世纪头几十年成为世界第一大国。

是什么样的强大力量在这个国家内部操作,使它在十六年的时间里从一个经济增长缓慢、闭关自守的社会变成了一个强劲的国家,从落后与欠发达成为世界强国之一?

国际上的专家们提供了不同的答案。有的专家倾向于淡化中国经济增长、外贸和外国投资方面经济指数的"爆炸"效应,认为就其薄弱的基础而言，这种增长是夸大了的。然而，在这个过程中最令人惊异的不是其经济增长的绝对数值，而是其增长的速度和持续性。二十多年内中国经济增长率维持在9%左右，这是任何一个经济体，包括新加坡、中国台湾、中国香港、韩国等新兴工业化国家和地区都不能企及的。

另一些分析家们认为"中国奇迹"受到其不同的生产过程中所需的大量能源和食品的威胁，此外还指出存在两个"中国"：一个是经济发达的南方，以广东省为首，完成了整个国家60%基础建设总量以及40%的出口量，人均国内生产总值达到了5000美元，与官方货币人民币同时流通于市场的还有港币；与之形成鲜明对比的是其余的地区的人均国内生产总值只有1200美元。他们预测中国的国土将因为不同的发展水平而分裂成两个截然不同的部分。

由邓小平发起的改革开放，是为了对抗十年动乱迫使中国完全封闭于其领土内部的结果。那时社会矛盾空前激烈，已经到了使国民生产机器瘫痪的边缘。闭关自守、依靠自己的力量发展的观念使中国走向了危险的境地。邓小平用一系列改革扭转了这样的局面，其中《外资企业法》的颁布起到了决定性的作用。合资公司的形象被载入史册，通过它们，中国开始和外来投资联合。

仅仅为外国投资建立法律依据还是不够的。为满足外资发展对于环境的其他要求，中国还采取了一系列刺激措施。邓小平有了一个革命性的想法并付诸实践：建立劳动法规、税收政策、海关政策以及土地政策都适宜开放政策的"经济特区"。

有些人质疑所有这些政策会破坏中国的社会主义性质。对于他们来说，接受外国投资、与其他发达国家的私有企业合资意味着过去几十年里所说的"资本主义复辟"。邓小平大胆地回答说，经济特区属于试验田，因此谁也不能预料结果如何。究竟会产生一个资本主义的胚胎，还是会用社会主义所有制主导的生产方式来保证实验的社会主义性质？只有实践能给我们一个清晰的答案。

另一个必不可少的条件是吸收尖端科技，为此，要不惜一切代价，乃至将其计算为投资。那是 80 年代初，由于改革开放还缺乏相关法律框架，任何"即兴创作"都有空间。这反而成了有利条件。这又一次体现了古老的儒家之道的便利之处。

要开创新的发展模式，怎么能忘记赋予十三亿潜在消费者更多的购买能力呢？他们将把国民经济从勉强维持生存一下子提高到一个新高度。

经济学的理论家们将价格、工资和资本的作用纳入了学术讨论的范畴，第一次在经济领域破除了教条主义，开始了关于把供求法则作为经济发展过程中的杠杆的讨论。这已经不是资本主义经济特有的话题了。人们开始明白资本主义经济和社会主义经济之间的界限是虚无缥缈的。

就像给患者打麻醉剂来隐藏其疼痛的症状一样，通过价格控制、补贴、将某一生产领域的剩余劳动力转移到另一领域等机制，以及所谓的"社会主义经济收益理论"的相对收益理论，通货膨胀、经济下滑、失业等问题被隐藏了起来。

理论家们开始隐约发现经济学规律揭示了一个不争的事实，即根据它的运行法则，不同的发展模式的目的都是取得更高的经济效益。人们开始从效率的概念入手，分析社会经济体系的质量。如果社会主义体制真的比资本主义优越，那么它为什么没有解决住房问题，人民生活水平仍然在生存线上？这些都是经济学所要解决的最终问题。

结论就是，计划经济失败了，没能带来经济的腾飞，而且过高地估计了生产力水平。究竟发生了什么？苏联、南斯拉夫、中国等社会主义阵营的不同国家都用自己的方式阐释了他们对马克思的社会主义经济体系的理解。就中国而言，集体主义在通过建立人民公社来组织农业生产方面一开始曾取得一定成果。这种模式可以召集

改革开放令工人干劲十足。

成千上万农民的力量进行基础设施建设,而以其他方式则很难推进。然而,向公社上交土地财产和其他生产工具,以及平均分配劳动成果,打击了农民的积极性。在生产的初级阶段,所谓的精神激励无法代替物质上的报酬。

改革不可能在集体主义这一绝对平均思想的基础上迈开步伐。人民公社开始瓦解。此外,城市的改革引入了私有财产和外国投资的元素,颠覆了所有原先的观念,从而在建设中产生了最有活力的元素。但是,从哪里才能得到能面对这样巨大挑战的劳动力呢?这时候除了

巨变的年代

农民在自家承包地里收割粮食。

将目光投向农业生产领域别无他法。

　　作为人民公社的替代品，中国建立了家庭联产承包责任制。被解放的劳动力已经达到一亿五千万，他们被称为城市流动人口。

　　至于学术领域，那些传统上支持宏观经济政策的智囊团开始提出不同的理论。他们指出那时正在形成的新的生产关系符合社会主义市场经济体制。1992年，中共十四大报告正式提出经济体制改革的目标是建立社会主义市场经济体制。

　　如果中华人民共和国现在正在经历的进程有一个显著特点的话，那就是一场消费的革命。为了让中国人民拥有真正的消费能力，必须提高他们的生活水平。而这一点通过外资的注入实现了。按照惯例，这项举措从国民经济的核心基础建设和沿海地区开始。改革开放的整

小岗村大包干纪念馆农民按手印雕像

个进程被设计成具有很强的出口外向型特征。当全世界的跨国公司将中国看成是潜在的最大的产品市场时,中国人从同外国投资者的合作中看到了新成立的合资公司的产品销路。

至于在南部沿海建立的经济特区,所有的一切都证明这是一个英明的决策。1997年7月香港回归后,中国开始振兴香港的工业和科技。然而,邓小平自己也认为这是一个单边发展的计划,没有很好地顾及传统国民经济龙头上海的发展。

上海相对于香港落后的局面从20世纪90年代初开始改变。在短短的十五年不到的时间里,上海一跃再次成为全国第一大工业城市。而这要归功于中央政府对其公路建设和服务业的大量投资。今天上海已击败香港,成为亚洲第一金融中心。

简单的经济、金融和科技因素都无法解释中国经济的飞速发展。中国的经济腾飞并不是一个孤立的现象。相反,这是一系列新兴工业化国家和东南亚联盟国家持续性地快速发展的普遍现象。文化和国家特点应该是这一现象形成的决定性因素。因此，对亚太地区最为准确的划分应该从地缘政治的角度出发，由此可以区分为三个国家和地区集体：儒家文化集团（由中国大陆与台湾、香港，韩国，越南和柬埔寨组成），日本集团，穆斯林集团（印度尼西亚、马来西亚、印度的一部分地区、阿富汗等）。

有些分析人士否认儒家文化是这种新型发展模式的重要形成原因，质疑为什么早前没有形成这样的发展模式。我们的答案是：孔子的儒家思想需要一定的条件才能发挥其作用，而这些先决条件就是这二十多年来所逐渐完善的。

那些仅仅从经济学的角度来看待这种现象的人认为，新兴经济体的发展是引进国外先进技术的结果，而文化和政治的影响——亚洲几千年的传统，是没有任何作用的。但经济和政治之间、经济和社会文化之间一定有一种联系。劳动纪律、集体利益高于个人利益，工会不再仅仅是生产机器的附庸……这一系列有利于外国投资的条件能够在中国出现，而不是在世界其他的地方出现，绝不仅仅是偶然。而这些条件成为今天让世界瞩目的特殊的发展模式成形的重要基石。

2008 年 9 月于波哥大

14

北京，一个起重机的森林

一个星期之内一整个街区在我们的眼前焕然一新了

我越是思考，就越是难以衡量从1978年至今的改革开放的规模。我看着中国的街道，将人群、城市、交通、建筑、人们的衣着等和我刚到中国的时候相比较，有时候我觉得这是另一个国家。相比较之下，物质上的进步更容易消化。这片曾只允许建四层楼的土地上，如今拔地而起幢幢钢筋水泥大楼。

我还记得，1983年我作为哥伦比亚驻中国大使馆的第一参赞刚刚到达中国，时任驻中国大使是政治家阿尔丰索·戈麦斯·戈麦斯。一天我们出门为戈麦斯找辆二手车，因为那时从东京发出的丰田小轿车还没到。

三里屯是北京的一个国际化的区域，当时正在重建当中。戈麦斯把城市这片区域的风景比作一个起重机森林。起重机和挖掘机伴着阵阵轰鸣在空中张牙舞爪，被拆除的砖块扬起阵阵尘土，混合着新浇灌的混凝土塞满了人的鼻腔。然而建设工程才刚刚开始。我的这第三次中国之行又持续了三年，当我离开北京的时候二环路还没建成。

1991年我第四次回到中国。我乘出租车或是由他人陪伴的时候并

北京，一个起重机的森林

不觉得会在城市里迷路。但当厌倦了乘出租车，想试试我的薪水能买什么私家车的时候，我只能选一辆老旧的菲亚特。我开始认识一个全新的城市：三条环线围绕着城市，高架桥横空而起，街心花园连接着通向郊区城镇的高速公路。

  冬天的一个晚上，我们冒险从位于西单的家中驱车朝西前往我们以前的老住所友谊宾馆。回来的时候我们几乎陷入了绝望，因为每次从出口出来从北向南开，最后却又回到了宾馆的方向。娜塔莉亚，我一辈子的副驾驶，认为问着路就能到罗马。她建议我问问路，我照做了，但是荒废多年，中文在我听来已经是另一个世界的语言了。我对自己说要冷静下来，而最好的办法就是把车停在停车位再想想该怎么办。我觉得北京被设计成一个完美的四方形，根本不可能迷路，不管什么时间人总会知道东方在哪儿，知道了东边是哪里就等于在中国找到了指南针，想丢也丢不了。通过这一番思索，我们终于在晚上十一点走上二环路，回到了我们居住的胡同。

1992 年 1 月于北京

15

中国一切都在变

卡车推翻了曾经祖孙三代挤在一起的老房子。随后挖掘机、铲车和起重机接踵而至，在地上开了大洞。如果有人在不知道发生了什么的情况下就被突然带到这里来，他一定会以为这里正在发生一场高能炮弹四射的战争。

北京开始建设环绕整个城市的环线公路。多好啊，沉睡的巨龙苏醒了。但其中正在发生着什么呢？

十月一日国庆节到来了，没有花车游行。天空中也不再闪耀着色彩斑斓的烟花的光辉。天安门广场仍旧展示着那五张肖像：毛泽东的肖像高高悬挂在观礼台主门的上方；两边的革命历史博物馆和人民大会堂的墙上依次挂着卡尔·马克思、弗里德里希·恩格斯、弗拉基米尔·列宁和约瑟夫·斯大林的头像。几年后这几位外国人的头像都不见了，只剩毛的肖像。前门和人民英雄纪念碑之间矗立着毛主席纪念堂，里面躺着他的遗体。有中国朋友详细地告诉了我纪念堂是如何建成的。整个纪念堂没有使用一块木头，全部用大理石建成，配有描绘战争内容的石制壁画。除了周一，纪念堂每天都对外开放参观，早晨九点钟开门。参观者来自全国各地。手提包要交给警卫保管。纪念堂内禁止拍照。队伍缓慢地行进着，但瞻仰这位逝去的伟人遗容之时又行进得太快了。一会儿我们进入了一个暗室。一个向导领

天安门城楼上的毛主席肖像

着我们,以免我们磕碰里面的长椅。

  突然,我们的目光落在了他的遗容之上。我们很惊讶七年前他就这样离开了。在我们的记忆里他鲜活的形象不过是十四年前的事情。这位战士最终安息了,他在历史中得到了永存。现在他躺在那里,身体变小了,但是每天成千上万的人从遥远的地方赶来瞻仰他的容颜。他去世二十年以后,仍然有偏远地区的少数民族人民提到他,就像他还活着一样。

  我们又回到了明亮的天空下。天空中没有一丝云彩,只有一层乳白色的薄雾。中国人的精神世界让我辗转反侧。这里几个世纪里发生的巨变究竟体现在何处?不久我就发现了所谓的"后毛泽东时代"

的印记。奥斯瓦尔多·雷伊诺索领着我走在前门大街上,我看到天主教教堂的大门敞开着,牛街的清真寺也一样。街道很狭窄,自行车经过的时候我们都得靠边站。我转而回到东单大街,街上洋溢着的药水味儿让我想起了医院里那个带着松树香气的夏天。时过境迁。我遇到的中国人不是无视就是忘记了曾经这条大街被命名为"反帝国主义"大街。

历史古迹和艺术品的修复工人风风火火地穿梭于一个个宫殿之间。中国人想尽快扫除大破坏造成的不良影响。几乎所有的庙宇和博物馆又重新对外开放了。在我的书桌上放着一张邀请函。巴黎的马克西姆餐厅在北京的分店开张了。餐厅只接受 VIP 客人:在北京的一流公司的外国代表以及军政高官。那些苗条的女服务员接待了我们。她们穿着优雅的旗袍,精美的锦缎一直拖到脚踝处,裙边的开衩差不多到大腿中间,立领将整个胸前包裹住。今天的外国人难以见到中国女性这样的妆容。

我从未见过这样两层楼的餐厅。上了香槟。我望着围坐在桌边的中国人,位次是按照他们的职业或工作单位安排的。他们穿着传统的服饰,我觉得他们的穿着有点奇怪。改革开放正在进行,向西方学习的第一步从使用刀叉开始。

皮尔·卡丹也来了,身边跟随着世界各地首都分店的代表。矛盾而又可以理解的是,中国的对外开放从时尚业开始。应该让中国女性从古板制服中解放出来,让她们穿上各种华服,完全投入消费的世界中。她们也热切地抛弃单一的色彩,让彩虹般鲜艳的色彩在身上散发光彩。皮尔·卡丹没有照搬法国的模式,就像可口可乐公司没有向中国推出它们"刺激"的口味。前期调查的结果是要多加点糖。理由很简单,这是一个有着上亿潜在客户的大市场。

1984 年 7 月于北京

16

北京，重建于十年之间

完美的对称

二十年或是更久以前，如果有人问我北京是什么样的，我一般会回答说从飞机上看，北京是一个坐落在一望无际的平原上的大村落。70年代末的北京几乎没有任何现代大都市的特征，那时候北京唯一的四层楼就是北京饭店。

如果有人要了解北京的地理和地形环境，就必须知道这座城市坐落于北边的群山、广阔的蒙古高原和渤海湾之间。

北京的轮廓是一个完美的对称。可以说市中心是一个由向郊区扩散的同心圆环绕的巨大方块。城市的心脏是天安门广场。广场北边的天安门，南边的前门，西边的人民大会堂，东边的历史博物馆，共同围成了一个完美的四边形。古老的城墙大门以北，被一个水渠隔开，拔地而起的是恢弘的紫禁城（或称故宫）。这一范围之外，四面朝外就是古时候的另一座城——主城或"外城"，那是皇帝的臣民们的居所。他们所有的一切，从性命到食用油和凛冽冬季里御寒的柴火都是皇帝赐予的。从那里开始，围绕着紫禁城的同心圆范围内，在狭窄而弯曲的胡同里建起了一座座四合院。四合院是封建时代北京典型的一层楼建筑，四面而立的围墙让过路人看不见墙内的风景。直到 80 年代末，北京人世世代代都居住在那里。往往是一个四合院内两三间房里挤着一家三代人。而这一切即将在几年时间里伴随着迅猛的城市化进程而逐渐消失。这一进程席卷了整个中国，但首当其冲的是她的首都。

近十年来北京的城市发展带来了令人印象深刻的变化。新北京、现代化的北京是一个在十年之间建成的大都会。直到 70 年代还是北京城区主要构成部分的紫禁城和主城，现在仅仅是存留着帝王王朝遗风的中心古城区，四周被摩天大楼和由高架桥组成的城市道路网络所围绕。但是这座城市道路系统最新鲜最现代化的还要数它的三条"环

故宫

线"。"环线"一词准确地描绘了这一道路系统的形状：三条环形的公路从市中心向周边城区延伸，方便了从北京城区到郊区重要村镇和邻近的大港口城市天津的交通。环线上架起了大约五十座高低不同的高架桥，从而使六百万辆自行车、汽车和货车的交通运输成为可能。

说到酒店设施的建设，北京位于亚洲最现代化的城市之列，完全不逊色于东京、首尔、新加坡或台北这样的大都市。在最近十年内，中国人意识到旅游业是一个能产生重要外汇收入的产业。渐渐地他们也开始明白光拥有像长城、故宫这样的建筑瑰宝是不够的，必须完善城市的酒店、交通、演出、娱乐和夜生活的各项设施，从而满足游客国际化标准的需求。可以说北京在这方面已经取得了很高的成就。

最近十年北京容纳的居民几乎超过了它的承载量。不用参考数据就能确定没有哪一个亚洲国家能和北京的城市化节奏相比。成群的楼房构成的居民区遍布环线周围的各个角落，尤其是东郊、北京和天津之间以及西郊最为拥挤。

传统的百货商场已经被结合了餐饮、家电、服装、自行车、家居等各色商品的购物中心所取代。尽管现代化的北京以牺牲传统为代价不断扩张，北京人也被加速的生活节奏拉着向前奔跑，适应了吃快餐、在购物中心消费的习惯，然而有着千年历史的北京城里，王府井、前门和西单这样的老街却没有消失。烤鸭、饺子、包子等中国传统美食不得不改变销售模式来留住顾客，以对抗意大利比萨、肯德基炸鸡和麦当劳汉堡的入侵。

北京有上千年作为都城的历史，如今作为中央政府的所在地，其肩上的政治分量不言而喻。然而，北京同样是中国的文化中心。这里有着全国最多的文化遗产，比如故宫博物院及其珍贵藏品、历史博物馆、北京大学和清华大学、北京图书馆（现国家图书馆）等。

北京人的工作日是怎样度过的？很简单，在家和工厂、商场和政府机关等这类称之为"工作单位"的地方之间展开。不夸张地说，百分之七十以上的北京人骑自行车去上班,因此他们每天花一到两个小时蹬自行车。

下班回到家,买蔬菜和肉类以及准备晚饭,这项任务通常是交给最先到家的家庭成员。周日是献给工作日没法进行的家务的。北京人的日常生活差不多就是这样的。

原载于《今日中国》杂志(北京),1993 年 1 月

17

今非昔比

连两个胖子都挤不下的巷子

这就是我居住的小区：全是连自行车都通不过的小巷子。其中有一条巷子非常窄，如果秘鲁小说家奥斯瓦尔多·雷伊诺索和另一个胖子一起走在里面，他们没法儿肩并肩一边聊天一边走，只能前后排着走。它是环形的设计，因此如果有人愿意，可以一直绕着圈子，然后又回到原点。这里要分清每条巷子乃至整个小区的开头和结尾都是很困难的。里面的房子有正方形、圆形或是长方形的院子，这取决于家庭的经济条件。那些正方形和圆形的院子是最贵的。

这里就像是个蚁穴。要从我家到办公室，得穿过半个粉子胡同，绕过弯弯曲曲的岔道。那些黄白相间的猫悠闲地穿过墙壁间的缝隙，转眼就到了另一个院子。它们吃人们剩下的鱼肉或猪肉，被喂得饱饱的。居民们的生活都是互相敞开的，没有什么好隐藏的，也常常共享一些东西。每天早晨，经过公共厕所的时候我都会看到男男女女往里面倒便盆。当我穿过迷宫的时候，有些人在刷牙，夏天的时候有人光着膀子或者上身只穿一件背心。冬天则是另一番景象：人们纷纷隐居了起来，巷子里没什么人。

老百货商店

那天是周日。我出去买东西,最重要的当然是啤酒啦(那种著名的长长的瓶装青岛啤酒),以缓解因为昨天喝太多威士忌而火烧火燎的嗓子。同时我还得买肉(猪肉,这个菜场里也没有其他种类的肉类)。我来到合作社商店,售货员女孩像往常一样带着和蔼的微笑招呼了我。我排着队,一位老人和售货员谈起了我,好像我不在现场似的。他表扬了我的普通话,说我说的他们都能听懂。我向来对这类赞扬感到挺害羞的。我出于礼貌回答说我的中文还很不好,还要多加努力。我问他们能听懂我说的这些吗,他们回答说"太能听懂了",然后又开始慷慨地给予我赞扬。

回家的路上,我碰上了一位曾在出版局工人运动处工作的退休老人。柏林墙倒塌了以后,这样的部门已经逐渐灭绝了。这些可怜人待在那儿还能干什么呢?只能是守着一份大锅饭和铁饭碗。随后我又碰到了一位老太太,她的两条腿都弯成了一个圈儿。我想起她以前的样子了——肯定是那个一点儿也不难看的法语翻译。我把她介绍给了娜塔莉亚。我们沿着通向我家的胡同一起走了一段。我想她一定也住在这附近。我问她现在做什么工作,她回答说已经退休了。我坚持问她:还做些什么吗?她说什么也不做了,因为得了癌症,说着把手放在右胸口。怎么这么说话呢?娜塔莉亚大为震惊。这是一种文化差异。我想起来,与之相反的是,几个过去在北京因为卵巢肿瘤而做手术的巴西人十分谨慎,多年以后人们才知道她们做手术的事情。

1991 年 7 月 21 日于北京

我的居住环境：
一个胡同交错的小区

一年四季，每天早晨天刚亮的时候，我居住的胡同就有各行各业的人来来往往。星期天我们会在家里待到吃午饭的时候。这时候就能听到收废品小贩的叫卖声。他们骑着三轮车，来到我家窗口，收购旧报纸和可回收的废瓶子纸盒等。我很怀疑这幢中央编译局员工宿舍里是否有他们的顾客，但还真的有。

有一个收废品的在三楼我家的窗口驻足张望。他知道这里住着外国人，他一定是觉得我可能随时走出来给他一些废纸盒，而他不用付钱给我。

过了一会儿，来了一个搭在一辆三轮车上的流动肉铺。所有人不管能赚多少都做点儿小买卖。

夏天的时候，收废品的人会在三轮车上睡午觉，一睡就是好几个小时，醒了就看从居民那里收购来的旧杂志上的故事，好消磨这段天黑之前的漫长时光。

从家到办公室，我有两条半圆形的路线可以选择。我总是选那条比较窄的，因为能节省几分钟时间。那里车辆无法通过，只有自行车和三轮车通行。那里总是人声鼎沸，好不热闹。到处都是做小本生意的。

与同事一起游览北京郊区。

改革开放不仅允许和刺激了外国投资者和大型合资公司,各个角落里的小生意也兴旺了起来。家里的房子再小,也可以在客厅里用隔断隔开,临时开张小买卖和小商店。人们急切地努力着要增加收入。有时候这却只是不喜欢到公园里遛鸟的退休老人们的一种消遣而已。

今天,我像往常一样取道西边的半圆。那里可能住着周围最会做生意的邻居们。运货的卡车里装着黄色的汽水,味道特别甜。他们把汽水分发到居民区的各家商店。我还看到一堆小山似的酸奶瓶。夏天的时候则有许多箱啤酒。

这家的主妇是一位肥胖的女士,她根本没法走路,只能摇摇晃晃地挪着步子。她家的房子有个好处是安装了私人电话。那女人总是用

巨变的年代 | 091

整个小区的邻居都能听得见的声音打电话。我经过的时候，她用北京人的方式跟我打招呼："您吃过早饭了吗？"或是"您要去吃午饭吗？"我用中文回答的时候，她觉得简直遇见了奇迹。五年里，我每次从她家经过都是这样。我觉得这儿难以称为"家"，因为就是那种典型的三代同堂的二十平方米的小屋子。

不是所有人都能在一夜之间找到安身处所。城市环线附近的郊区正在建设一批批小区住房，胡同里的居民将要迁到那里。这一切都要遵循一系列复杂协商的结果。之前已经提到国家是所有土地的所有者，但是长期居住在土地上的房屋里的居民也有一定的权利，所以要讨价还价。通常国家会给居民分配一套新的公寓。有时候新公寓楼离市中心非常远，这也给争议埋下了祸根。

我回到了我的小区。所有除了紫禁城以外的地方我都称之为"外城"。那是一个广大的平原，零星地散布着一些小区。房子是典型的平房。像这样的小区在过去还有很多。北京是一座横平竖直的城市，在每个聚居区都有很多空地。一个人离开市中心半小时就到了农村，那里有一望无垠的属于人民公社的田地。我很难想象在过去的几十年里北京是怎样装下所有的人口的。从1949到1980年的三十年里，首都北京几乎没有建设新的住宅，仿佛人口增长为零或是负增长似的。事实上计划生育政策在80年代才真正推广实施，意思是"一对夫妻，一个孩子"。老城区从故宫到颐和园，曾居住过不同朝代的多少位皇帝。西边是传统的文化区海淀，那里有北京主要的大学、科学技术研究所、北京图书馆和每一寸土地都属于计算机行业的中关村。

天安门以东几公里就是首都最大的区——朝阳区。使馆区就在那里。北京城是一个完美的四方形。几个世纪以前，人们就开始用一种执着的意志来将它建设成一个对称的结构。

我现在也无法相信。由于种种原因，三十年里北京几乎没有建设人类住房，要知道中国人口仍在以每年一千一百万的速度增长。

我想起来了，当年新华社简报的背面常被用来撰写新的翻译草稿。六点以后，校对工作只能在昏暗中进行。汽车飞速地在空旷的街道上行驶，一旦启动了以后就将引擎熄灭继续滑行。这一切都是为了社会主义建设。

现在，每当我和我的同事说起来我在西边的环线上或是朝东开车上高速公路前往港口城市天津的时候迷路了，他们都会感到很骄傲。

1993年7月于北京

19

改革开放商业化的一面

一位女神在一张待售的床垫上沉沉地睡去

1992年2月中旬,我们的第四次北京之行还差几个月就满一年了。娜塔莉亚终于开始工作了。她是对外经贸大学的西班牙语老师。每天我开着那辆菲亚特把她从我们居住的粉子胡同送到平安里路口,校车会在那里接上住在附近的老师和职工。我朝东开去,停在西单大街,这是北京最重要的两条商业干线之一。

像往常一样,我提前十到十五分钟到,开始观察行人和骑自行车的人们一大早匆忙的身影。我们很少和他们攀谈。如果不是为了问路或是有特殊的原因,人们没有在大街上和陌生人说话的习惯。今天有些不同。我们要走到东边的下一个路口,那里有一个小公园。公园里慢慢聚集了一些退休的老年人和中年夫妇。他们从自行车上下来,在一位气功老师的面前站好。所有的招式都有名字。"干洗"是用手指从头到脚把全身过一遍,放空大脑,感觉好像洗了一次澡一样。另一个招式叫"春天开的菊花",是一种身体由内向外运动的韵律舞蹈。娜塔莉亚试图跟着他们做。老师邀请我们加入队伍,但是我们用微笑婉拒了,因为校车随时可能到来。

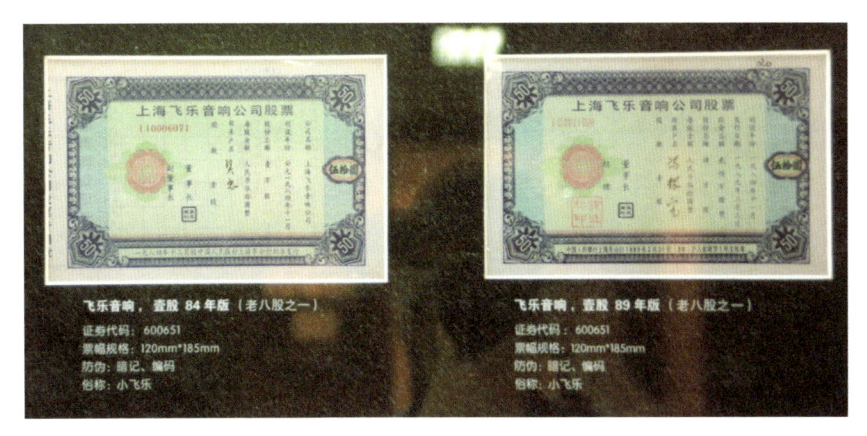

著名的"小平股票"

在平安里,我们看到一个广告牌上印着改革开放的总设计师邓小平的形象,他像多年前毛泽东一样摆着英雄伟人的姿势,手指向前进的道路。我只在这里和王府井与长安街的交汇口处看到过类似的标牌。我慢慢地一个街区接着一个街区地发现了早晨这个时候我们周围的生活是怎样展开的。我们从一个家具店门口经过。那儿有一个推销时兴床垫的商业广告。上面的内容是典型的初级广告创意的展示:一个女人躺在一张由锦缎织布罩起来的床垫上,在透明的服装下她的形体若隐若现。要想有点创意还有很长一段路要走。到目前为止,商业领袖们刚高兴地发现广告有利于增加销售额。回去的路上,我想起了一段歌谣:"在这里我曾经很快乐／没有人和事物诱惑我消费／我走在大街上像个无名的行人／这里的爱直接而简单／曾有一个时期我在这里很快乐。"

不,太可怕了!并不是我正在归顺于道家哲学的那一派。关于这一点,我和小根聊过好几次。现在许多中国知识分子比以往任何时候都更加倾向于回归到原始或自然的生活状态。这和孔子所说的截然相反,孔子拒绝承认文明人到了荒蛮之地不是要改造那里,而是顺应了

巨变的年代 | 095

当地的生活方式。这里，两个教派产生了分歧。

作为一个诗人，我依然沉浸在田园诗般的过去岁月里，紧紧地抓着那些对抗利己主义的格言警句。然而，作为经济学家，我必须承认，中国不能再在这条路上前进了。除非这个占了世界人口四分之一的大国决定自我毁灭。蒋介石的独裁统治从1927年持续到1949年。他的政权腐败严重，没有能力带领国家走上亚当·斯密为所有国家指明的道路：创造产品，并通过供应产品来刺激消费。那时候的中国太过于落后，连一个政治阶级都未形成，只是一些军事和金融集团把持着政权，只有议会和法院的拙劣仿制品和议会上的闹剧，你方唱罢我登场。

中国的社会主义，从来不像西方理解的那样，是像苏联和东欧一样的共产主义意识形态。几十年前美国的中国问题学者曾表示，毛泽东思想中含有同样多的西方马克思主义思想和纯正的中国思想成分。他们说中了要点。因此，根据邓小平的观点，今天中国所做的试验是符合社会主义初级阶段现实的，是"具有中国特色的社会主义"。这是因为中国人听从了孔夫子的教诲，谨慎地给每一件事情取了适当的名字。从某种意义上来说，这是一种形式上的过程，但并不代表这一过程是可以省略的。应该看看为了给新的经济发展模式命名而发生的激烈争论。确定现在"社会主义市场经济"这一中国发展模式的定义并不是一蹴而就的，一直到1992年末中国共产党第十四次全国代表大会的时候，才就这一名称达成了共识。之前中国就已经试验过了市场经济的概念，理由是供求原则不是某一种经济体制特有的法则。由自由的供求关系所决定的商品交换是资本主义和社会主义共有的经济规律，并不存在非此即彼的二元抉择。计划经济也是如此，西方的市场经济体制也并不是完全没有计划的成分。

要了解中国正在进行的历史进程，不妨听听邓小平自己是怎么说的：

> 深圳的重要经验就是敢闯。没有一点闯的精神，没有一点"冒"的精神，没有一股气呀、劲呀，就走不出一条好路，走不出一条新路，就干不出新的事业。不冒点风险，办什么事情都有百分之百的把握，万无一失,谁敢说这样的话？[1]

随后他又表示："改革开放迈不开步子，不敢闯，说来说去就是怕资本主义的东西多了，走了资本主义道路。要害是姓'资'还是姓'社'的问题。"

同一篇文章的另一部分，邓小平说道：

> 社会主义的本质，是解放生产力，发展生产力，消灭剥削，消除两极分化，最终达到共同富裕。就是要对大家讲这个道理。证券、股市，这些东西究竟好不好，有没有危险，是不是资本主义独有的东西，社会主义能不能用？允许看，但要坚决地试。

在经济领域，邓小平以超凡的想象力和勇气进行改革。

现在，在和普通人聊天后，我把自己关在房间里，我觉得越来越有劲头深入中国人的思维方式。

1992 年 2 月于北京

---

[1]《邓小平文选》第三卷，北京，外文出版社，1993。

20

"流动人口"和下海潮

人们摆起了小摊,然后又回到了原来的职业

外语中的"流动人口"一词在中文里有几种说法。北京话俗称"打工的",带有点贬低的意味,大致和"拾荒者"一词意思相当。他们从事已知的各种营生,以自由职业为主。女人们主要做家政服务或是保姆;男人们做着各式各样的活计:小摊贩,日用品供货商,泥瓦匠,在拥挤不堪的小街小巷里经营作坊的木匠,收集各类废品如纸盒、包装箱、罐头或是纸质容器等,卖各类二手货如旧家具、破旧的黑白电视、自行车零件、洗衣机等。他们来自中国最贫困的省份,比如遥远的四川,拥有超过一亿两千万人口,那里犁地靠的还是水牛;安徽,那里的盐性土地不适宜耕种;西北的省份,那里的唯一资源就是煤炭;山西,那里的土地布满了煤矿矿井……

从前这些人都只能依靠仅仅能维持生存的农业生产。严格的户口制度使他们能见识到的世界只限于他们的村庄范围内。但随着1978年开始的改革开放政策、人民公社的解体以及向市场经济的过渡,国有企业裁员,劳动力开始有富余。就这样,向大城市(如北京)和整个东南沿海,尤其是广东移民的潮流便一发不可收。

外省民工涌入广东。

90年代初,随处可见火车厢里挤满了来自欠发达地区的成百上千的移民,这样的场景令人难忘。他们往往利用夏天的时候出来打工,带着换洗的衣服、一个大碗,用竹竿挑着两个大口袋。为了躲避炎炎夏日的烈日,他们随便躺在一条熙熙攘攘的大街旁的杨树下,随时都能睡着。第二天,他们坐在路边,向路人提供自己的劳动力服务,脚边摆着手写的牌子,并用泥抹子或是铲子压着。他们许多人来自同一个村庄,在城市里也维系着这样的紧密团体关系。如果是泥瓦匠的话,他们以包工队的形式被雇佣,根据能力成为工头或助手。欣欣向荣的建筑业是新经济的关键产业,常常会雇用半合格或是完全不合格的工人,他们的工资往往只比生存线高一点。有时候,如果涉及政府投资的大规模项目,雇主会扣押工人的身份证。如果能满足这一条件,这

农民农闲时摆地摊卖布。

样的工人可以得到未来的工作机会。然后雇主必须在工地内部解决工人的住宿问题，通常情况下会建一些临时的营地。短工队会选出一个头儿，由这个头儿根据一定的基本原则来分配工人的住房和食物。他们十分节俭，因此会指定工队里的某一个工人做厨师，或者轮流准备一日三餐。

几个月前，中央编译局旧楼的整修工作开始了。我的眼前出现了由泥瓦匠、装饰工和用大画笔画画的画工组成的一整支工人队伍。他们和我们，几乎不可避免地共同生活在了一起。我们被一个院子隔开，而从我们的窗子到他们的窗子不过区区二十米左右。我们觉得他们对我们的生活感到无比好奇，就好像"文化大革命"时期我们对北京人每天如何生活感到好奇一样。如果我们希望维持生活的私人空间，那就得在大白天拉上窗帘。由于我们无时无刻不摆在他们眼前，我们觉得还是适应他们看着我们穿着内衣从浴室里出来为好。他们一般早上六点半起床，排队去厕所解决个人问题，早饭吃馒头或是面条，然后就开始了一天的工作。他们从周一工作到周日，从不休息。为了赶进度，他们利用夏天明亮的太阳一直干到晚上七点以后。十年前，邓小平说致富光荣。从那时起，亿万适龄中国人都为之不懈努力，少数人成功了，其他人则失望地落在了后面。邓小平说，允许一部分人先富起来。

1992年和1993年出现了一阵不止于商人，人人追捧的商业热潮。上级指示所有的国家机关，包括宣传机构，都应该找到自营生计的方法。此外，还要精简行政机构。下岗职工必须利用单位发给的失业补贴作为本金做生意。在这次热潮中，我们看到高级领导和获得荣誉称号的员工都在办公室开展他们的小业务，卖手工毛衣、品牌网球鞋、毛巾、餐巾等各式各样的商品。由于单位里某人的"关系"，这些在工厂里制成的商品都以出厂价交货。

这阵热潮持续了一年多一点。整个城市，乃至整个国家，新的商店和小卖铺像雨后春笋般出现。这阵热潮大张旗鼓地来，又悄无声息地撤退了，人们纷纷撤回了小摊，回到了原先的职位。有些前外交官厌倦了频繁的出国任务，又没有足够的资产来买房买车，于是他们冒险下海。对于像沈宝珍（音译）这样四十多岁的人来说，已经习惯了办公室的工作，要开始做这种应该年轻时就学习的职业谈何容易，代价是一次次的失败和艰难困苦。如果一种生意在大城市里竞争太激烈，就应该到生活习俗完全不同的少数民族那里寻找出路。沈宝珍是曾经多次被派往拉美的前外交官，和一位职业女性结婚，有一个不到十五岁的孩子。他们的孩子有很长一段时间都是和爷爷奶奶一起生活的。他整星期整月地在距离北京二十多小时车程的地方跑，逐渐和妻子之间有了隔阂，不久两人就离婚了。

1994年12月于北京

21

两位哥伦比亚外交官眼中的改革开放

一旦打开了市场的闸门，一切都将势不可挡

我在北京担任外交职务的时候，认识了一位有思想的大使。他是为数不多的我常常与之讨论中国问题和社会主义理论的外国人之一。我很欣赏他对一个第一眼无法看清真相的社会的尊重。他到了中国没有宣扬所谓的真理或是教本地人如何生活和思考。他对于中国人有自己的见解，但同时也明白了一个外国人容易犯的最大错误就是不抛弃外来文化的成见，用西方的视角解读中国的问题。

"很显然，我们看到的社会主义的核心不是供求关系的自由发挥，也不是计划经济。"一天，我对大使说。

"从今往后还剩下什么呢？"大使问我，然后他又自己回答道，"不说垄断，社会主义从来都不排斥这些。我们说的是股票市场和证券交易这样与社会主义格格不入的东西。一旦打开了市场的闸门，一切都将势不可挡。就像孔子说的，只需要给它们取恰当的名字就行了。"

"五年计划还继续有效，"我补充道，"但是现在以其他的方式

阿沛·阿旺晋美会见作者。

进行。要给由市场决定的一系列调整保留空间。资本投资从一个产业转向另一个产业,寻找最大效益,而这也是其存在的目的。"

"但是还有其他事情引起我的注意,"大使说道,"马克思从未说过,要求国家通过补贴来承担其他经济体中需要由公民缴纳的一系列社会开支。这种补贴体系导致出现了平均主义的思想,今天已经成为改革开放过程中的绊脚石。这种涵盖了政府和民众层层关系的平均主义,中国人用比喻的说法称之为'吃大锅饭'。"

"但是要知道,"我说,"四千年前的《击壤歌》里,无名作者就抱怨了那时候普通人和君主之间的巨大差距。"

"我好像看过。肯定是中国古代第一首诗歌。你能给我提个醒吗?"

"很荣幸,大使先生。我可以背诵出来,就好像在您面前朗读一样:

日出而作。

日入而息。

凿井而饮。

耕田而食。

帝力于我何有哉?

"确实,家长制在中国有着几千年的历史。领袖的作用总是高于机构。但是同时,这首无名氏作者写出的诗歌证明了远古时代,一直以来占人口百分之八十的农民就知道他们的收成要靠自己的双手。"我评论道。

1995 年 9 月于波哥大

22

和北京再会

我总是被《易经》所深深吸引

就像黄道十二宫的法则一样，必须有一系列事件凑在一起，我才能有机会在阔别十二年之后再次回到北京。此时中国人不再是西方人眼中的"东亚病夫"，中国也不再是"红色中国"，而已成为世界第三大经济体。西班牙在发达国家的阵营中排名第八，决定仿效法国、意大利和俄罗斯，举办"中国西班牙年"。作为哥伦比亚代表，以及霍尔海·塔德奥·罗萨诺大学亚太地区研究员，我应西班牙政府邀请参加了拉丁美洲－中国会议。

一直以来我都被《易经》的神秘玄学所深深吸引。拜其所赐，不知是幸运还是不幸，我目睹了中国历史上的许多大事件，比如"文化大革命"、1976年毁灭性的唐山大地震、毛泽东逝世以及改革开放政策的开端。我觉得我第五次来到中国一定也会发生开天辟地的大事件，那就是中国共产党第十七次全国代表大会。会议主要关注三个议题：第一，中国共产党再次把目光转向社会不公问题，尤其是农民问题；第二，迫在眉睫的环境恶化问题；第三，中国的"科学发展观"问题。

2007年10月23日，大会闭幕式结束以后，我们迫不及待地要认识一下多年未见的北京。1995年同我们告别之后继续住在这里的人们都不约而同地告诉我们，要想完成这项任务，通过看视频、照片和介绍是不可能的，唯一的方式就是回到这里亲身感受一下。

我在中国生活了将近二十年。20世纪60年代中期我们第一次来中国的时候，北京是什么样子的？它是一个只有在高空俯视才能看出来的巨大平原，一个没有边际的村镇。它的魅力隐藏在宫殿庙宇中，在数不清的陵寝中，在香山上。要想感受北京摄人心魄的美，必须在这个1285年建成时就被完美地设计成对称的四方形里，朝东南西北四个方向游览。那时的北京是一个破败的都城，空有其壮丽，好似在那时候才刚刚建成一样。

三十年时间里，北京不允许建超过四层楼的房屋，原因是害怕成为美国或苏联入侵时的猎物。那时候首都最高的建筑，也一定是全中国最高的建筑，是十七层楼的北京饭店。今天它已经湮没在宏伟的长安街两侧拔地而起的摩天大楼当中。同样是为了预防战争的原因，北京曾建成穿越整座城市的地下通道和由密不透风的钢铁大门把守的防空洞。如今这些避难所被改造成临时住房、商店，或是为未来建设新的地铁段落留下空间。

一直到90年代中期，自行车仍是北京人的主要交通工具。九百万人口中有不少于五百万人拥有自行车。如今北京的人口达到了一千七百万，其中包括了四百万"流动人口"和五万韩国企业家和行政官。如今大街上仍能看见骑自行车的人，但就像机动车的茫茫大海中的一滴水一样。

市中心与长安街交界处，有三条最繁华的传统街道：西边的西单，东边的王府井和东单。北京的商业集中在这三条大街上。在王府井大街的百货大楼里，你能找到从缝衣针到电冰箱、收音机、手电筒等各色商品。这条大街的西侧有成排的药店、眼镜店、外文书店、古董店等。所有的这些老店都还在原来的地方，门面还是老样子，但是从大门进去，店里灯火通明，墙壁上嵌了镜子，地上铺了大理石。百货大楼的第一层，所有的橱柜都摆设着女性美妆品，女人们可以在这里找到世界级的香水和化妆品品牌。当然，在意大利古驰、登喜路、范思哲的柜台旁边，也有中国品牌，尽管包装设计是几乎一模一样的。现在中国或是外国消费者都能消费得起价格不菲的品牌，对他们来说这些差异也不太重要了。

我们经过了一幢机场附近的精致别墅，这里大部分住着韩国人、日本人和中国企业家。我们想尽快离开这里以便看看城市里的巨大变化。城市交通路线在球面图上被设计成十条围绕城市的完美环线，现在已经建成了六条。

要到达从机场通往城市的高速公路，从我们住的位于五环和六环之间的天堂公寓，要经过新建成的机场特快专线。如果我们想去北京市中心，首先我们得穿过五环和四环到达三环。三环是一条让人崩溃的公路，我们就像是在一个永不停歇的旋转木马里盘旋，或是坐了一个上上下下、长达几十公里的过山车。

我们的目光停留在一排六十或八十层高的水泥楼房上，它们彰显了建筑设计的无穷想象力。然而转眼我们来到了另一排高楼大厦面前。这就是著名的"保利"。大楼体量巨大，位于更加靠近市中心的地方。随后出现的是一个被称为"悬空楼"的大厦：没有地基和房梁，由建筑的其他部分支撑，仿佛真的悬在空中一般。进入三环以后，我们看见了雄伟的中央电视台大楼。两座电视塔像比萨斜塔一样倾斜着，一栋楼要拥抱另一栋的样子。建成这座大楼大约花了七亿美金。

是什么时候、用什么方法建成这一切的？又是谁建成的？我心中有太多的问题。对于最后一个问题，一个中国老朋友告诉我："是农民工建成的。"毫无疑问，这项艰巨的任务是上亿农民工完成的。他们在改革开放政策实行、人民公社解散以后成了农村富余劳动力，从专业工人那里学会了建造的技艺。

雄伟的中央电视台大楼

    又是谁让中国继苏联和美国后，成为第三个用自己研发的航天器把人类送上太空的国家的？当我评价说现在的中国年轻人没有了他们父辈和祖辈的利他主义精神，因为他们是没有兄弟姐妹的独生子女、被宠坏的"小皇帝"的时候，北京第二外国语学院的教授们向我提出了上面这个问题并告诉了我答案。"是这些年轻人完成了这项科学和技术的伟业。"他们强调。

2007 年 12 月于波哥大

23

中国的过去和现在

当情侣在公共场所亲吻被人们鄙视的时候

昨天的中国

中国令人震惊的不是那些记录她飞速发展的数据,而是今天和四十年前的贫穷与落后形成的鲜明对比。那时候的中国像初生的牛犊,敢于挑战美国和苏联,号称要解放全世界的奴隶们。

中华人民共和国成立的时候,面临着四面楚歌的境地:其唯一通向西方的进出口大门香港被英国人占领;在列强三次侵略战争中战败的伤口还在滴血。而内战的胜利者是毛泽东领导的中国共产党。

那时候中国只允许建设不超过四层楼的楼房,因为毛泽东和所有人都坚信,不管敌人是来自华盛顿还是莫斯科,战争随时可能爆发。

从北京市中心商业繁荣的王府井大街和长安街交汇地带,一直到西山,首都地下几十米深的地方交错着长长的地下通道,由厚重的铁门把守着,是预防外国入侵的防御工事。

最重要的重工业企业被从沿海地区迁移到了内陆地区。

因为中苏两国共产党关于意识形态的分歧,苏联撤走了三千名工程师和技术人员。中国人宁愿吃煮熟的树叶也不愿屈服于苏联人。中国曾经唯一的盟友离开了，留下了建了一半的炼油厂、钢铁厂、水电站和桥梁。

那时候中国还没有发现一口油井。北方的油气供给被切断了，阿拉伯的油田又在遥遥几千公里以外。北京、上海和其他重要城市的大街上，红色的公共汽车的车顶上有塑料管子连着排气管，为了在排出的一氧化碳里收集并循环利用剩余燃料。这场景就像是从科幻电影里截取出来的一样。

北京机动车限速四十公里每小时。自行车道占了道路的三分之一，其余的部分供公共汽车和一百多辆被设计成甲壳虫模样的波兰出租车行驶。

结婚彩礼最流行的是闹钟或暖瓶，有能力的人家会送自行车。

从人们的衣着到建筑墙壁的颜色都以灰色为主。人们穿着不分性别的两件套：带领子的外套和肥大的裤子。

在大街上和公共场所里，男女朋友和情人之间接吻和爱抚以及双人舞蹈是不被允许的，连电影和戏剧里都没有这样的场景。

城市的居民通常祖孙三代蜗居在只有几平方米的公寓或房子里。但是从新民主主义革命胜利（1949年）到改革开放开端（1978年）的这三十年间，中国人不觉得饥饿和困苦。人们拿着"铁饭碗"，吃着"大锅饭"也活过来了。

今天和未来的中国

今天的中国，国内生产总值、出口总量和外汇储备均排名世界第二。

过去的困窘贫穷与现在的繁荣发达，最鲜明的对比在于人均国民收入增长了三倍。达到这一目标，美国用了一百五十年，日本用了九十年。这一切具有重大意义。首先，中国人尤其是中国女性的消费模式有了一个巨大的飞跃，她们用鲜艳的色彩彰显着社会的进步。时尚使中国人告别了清一色的灰色时代，开始推崇西方的剪裁、式样和缤纷的色彩。随着时尚产业的发展，消费主义悄然进入中国市场；世界知名的服装、化妆品、娱乐界的跨国公司也纷纷进驻中国。

曾经矗立在公共建筑、大学和工厂大门口的高达十几米的毛泽东雕像被拆除。但更重要的是，人们摒弃了对这位中华人民共和国的创立者的个人神化。过去他所说的一切都被奉为至理名言，比如"自力更生"、自给自足的原则；中国对外国投资的大门紧闭，因为接受外国投资被认为不亚于叛国。

毛泽东逝世、"文化大革命"结束四年后，中国进入了由邓小平领导的新时期。这位实用主义改革家认为不管黑猫白猫，能捉到老鼠就是好猫。解决世界五分之一人口温饱问题是首要目标，因此过去被认为是帝国主义象征的可口可乐、麦当劳汉堡开始诱惑中国人的味蕾。随后，不满足于仅仅在中国进行飞机装配的波音公司，在这里建立起了生产飞机及零配件的整个生产平台。同样，IBM公司几乎百分之百的电脑都是中国制造。

F1 上海国际赛车场

1979年改革开放刚刚开始之时，中国的外国投资为零，而今天已达到每年570亿美元。那时中国的资产和货物出口量每年仅为120亿美元，而今天已经超过一万亿美元。

中国这艘勇往直前的巨轮要驶向何方？这是世界上许多专家和普通民众都在思考的问题。政治学家预测，除非爆发经济危机或者世界大战，中国将在几十年后成为世界第一大国。

上海建成了比沙特阿拉伯赛车场还要大的一级方程式赛道，而今天中国作为2008年奥运会东道主所做的一切仅仅是对未来的一个预演。如果现在中国有两亿手机用户，那么这一数字今后又会增长多少呢？中国曾计划用十五年时间使上海摆脱落后，而今天有两个上海：一个在地面，另一个则是由各种汽车川流不息的高架桥构成的空中网络。

北京的六条环线公路让城市成了超现实主义的环形迷宫，十年不见就让人认不出来了。

2010年9月于波哥大

第四篇

国际瞭望塔

24

中国和世界经济危机

缺乏公正仍旧是阿喀琉斯之踵

在 2009 年 3 月的第二个星期，中国召开了全国人民代表大会。大会的议事日程本该着重讨论医疗和教育问题，却不得不转向了世界经济危机的结果及其对中国经济的影响。

总理所作政府工作报告指出，作为经济危机的最初后果，中国出现了超过九百万失业人口，这意味着失业率从 4% 上升到了 4.2%。政府希望这一数据维持在 4%。同时，报告还着重指出中国向世界其他国家的出口减少了 25%，这也是失业率上升的主要原因之一。

报告还指出当年中国的国内生产总值增长介于 6.8% 和 9% 之间。这样的数据对世界上任何一个国家，不管是发达国家还是发展中国家来说都是值得羡慕的。然而，中国连续三十年的时间里国内生产总值的增长率都维持在 10% 左右，这样的数据无疑意味着经济的倒退。

中国政府将采取什么样的措施来减轻经济危机的影响呢？首先，政府颁布一项四万亿元人民币的刺激计划，主要用于在全国范围内的基础设施建设，如公路和高速公路、港口和机场等。这些应该足以恢复九百万工作岗位和维持对商品以及服务的需求。

港口建设

　　为了执行这项一揽子计划，人民代表大会授权政府公共债务增加到 9500 亿元人民币，这意味着中国的财政赤字将达到国内生产总值的 3% 这一可以接受的水平。但是中国必须努力使这一赤字水平不再增高，以便将货币扩张的水平尤其是通货膨胀的水平维持在可控范围内。这是政府的首要任务之一，因为近年来中国经济最令人担忧的现象和广大群众对收入分配不公的不满有关。尤其是当我们比较农村居民与城市居民的收入，以及南方和北方的收入差异的时候，这种不公更加明显。中国的社会阶层分化加剧了。改革开放的三十年内，中国的中产阶层人数增长到了一亿；同时，七千万中国人拥有超过一百万元人民币资产。

　　世界经济危机没有对中国的经济构成很大的威胁。中国的外汇储备高达一万零两百亿美元,位居世界第二。

尽管中国和美国及欧洲一样遭受了经济下滑,但是对抗经济周期性萎缩的对策是不可比拟的,发布四万亿元刺激经济的计划是发展中国家中力度最大的。在目前的状况下,正好赶上了改善医疗、教育条件等计划,而医疗、教育问题正是中国一直以来面对的挑战。

说到对世界经济恢复的贡献,中国超额完成了她应承担的份额。确实,中国是第一个触底的国家,但也是第一个渡过难关的。在这种情况下,人们争论的话题是中国应对经济危机的对策是否会使其转变经济发展模式。有专家认为,中国所做的一切是为增加出口争取时间,从而继续原来的重商主义政策(其中就包括维持人民币价值低估的状态),以达到恢复其全球市场份额的目的。

然而,中国政府最近出台的一些政策所显示出的趋势,其中包括医疗保险扩大四亿居民的覆盖面等,释放出与专家们的预测大相径庭的信号。这些政策的结果将是目前仍处于较低水平的中国家庭消费的随机性增高。

美国和中国这两个完全不同的国家里,经济危机的局面也截然不同。美国金融业的崩塌与过量的不可偿还债务有关;而中国的经济风险更多的在于消费不足。中国的个人储蓄是一种结合了经济因素和文化因素的现象,也成了扩大再生产资本积累的关键。

鉴于中国低水平的外债以及积累的对消费品的巨大需求,个人消费将在中国经济复苏的过程中承担重要作用。这不仅有利于中国,也将使全世界受益。

中国抗击经济危机的策略迅速而高效,这要得益于中国至少百分之七十的生产方式的所有者都属于国有,以及二十国集团其他成员国都不具备的中央政治决策权。

面对现有的全球性经济危机,不少人狡辩说,中国、印度、巴西等新兴经济体的腾飞是以其他国家的经济发展为代价的,因此,为了恢复世界经济，必须控制这些国家的出口。相反，现在的情况表明，这些国家和其他国家面临一样的挑战。要战胜以美国为首的发达国家引起的经济危机，打压新兴市场的发展是毫无意义的。全球化并不是一个比喻，过去的任何现象都无法像它一样编织出了一个所有经济体都参与其中的大网。在中国，引人注目的出口缩减造成了几百家工厂关闭以及九百万结构性失业人口。那么，什么才是世界经济危机最严重的后果呢？

不需要参考天书神谕，只要看看经济危机在亚洲和全世界的根源，就能预测：在这一历史时刻，日本是所有经济指标最受打击的国家，而中国将取而代之成为世界第二大经济体。

其次，必须建立一个新的经济秩序，在这个新秩序中，世界经济不能继续和作为世界流通货币的美元绑在一起。

第三，一系列经济机构，其中一些是第二次世界大战结束后成立的，另一些则是20世纪70年代初成立的（如国际货币基金组织、世界银行、世界贸易组织）必须重组，以适应经济危机后的新形势。

第四，英国经济学家约翰·梅纳德·凯恩斯关于国家对经济的必要干预的理论不仅应该是起死回生，还应该比以前更加有效力。

最后，至于中国，知识分子尤其是经济学家们对国外学术机构和决策机构长期向中国推销的西方经济模式将丧失信心。今天，在中国不仅仅是报刊媒体，连政府机构中的主流观点都认为，对曾被认为是不会出错的，并且不断向其他国家输出的、由哈佛博士们和国际货币基金组织推荐的一种经济体制和一种经济理论的信任已经不复存在了。

2009年2月于波哥大

25

世界地缘政治中的中国

古老的三国游戏里的智者

历史背景

1949年，毛泽东在文章《别了，司徒雷登》[1]中告别了新中国成立前美国最后一任驻华大使。自此，中国被西方封锁。只要再等上两年，中国就将陷入第二次世界大战后与世界上头号强国的第一次对抗：朝鲜战争（1951—1953年）。她看见了联合国部队的指挥官道格拉斯·麦克阿瑟将军带领着联合国部队逼近了中朝边境。她清楚地知道美国人的目标不是朝鲜，而是企图通过入侵朝鲜将新生的中华人民共和国扼杀在摇篮里。

此时中国解决了一个关键问题：在西藏确立了其主权（1950年）。但是收回台湾的计划直到今天仍悬而未决。蒋介石在台湾建立了所谓的"中华民国"，当然从来就没有被北京承认。1997年，英国归还香港；1999年，葡萄牙归还澳门。然而台湾问题一直持续到现在。

---

[1]《毛泽东选集》第四卷，北京，外文出版社，1962。

西藏布达拉宫

朝鲜战争在很大程度上是中美之间在朝鲜领土上进行的战争。对于中国来说，战争胜利的代价是人员的大量伤亡和物质资源的大量消耗。巩固社会主义政权的计划因此又推迟了好几年。

毛泽东首次外出访问是1949年访问莫斯科。那时苏联军队仍停留在大连。为了驱逐日本侵略者而停留在中国领土上的借口已经不复存在了。要让苏军撤离却不是那么容易。毛泽东不得不延长他在莫斯科的逗留时间，试图说服斯大林。二人之间有着截然不同的视角，持有两种不同的关于经济发展模式、战争、国内外议事日程的各个方面的观点。尽管如此,中苏双方还是签署了一个完整的合作计划。这一计划使得中国得以建设一批道路、工程和工厂。

第二十届苏共大会(1956年)上,总书记尼基塔·赫鲁晓夫揭露了斯大林的一系列罪行。这在中苏两国共产党之间制造了一个不可逾越的鸿沟。这一鸿沟不断扩大,到1960年,两国关于意识形态问题的争论造成了两国关系部分破裂。如中国人指责苏联人被帝国主义和平演变,而苏联人又指责中国人是沙文主义者和小资产阶级。

在1960年苏联单方面宣布中断和中国的商业与合作关系以后,来自美国、西欧和日本的封锁就变得更加严密和令人窒息了。

在国际阵线方面,那是一个疯狂的革命年代。中国是企图解放全世界受剥削受压迫者的先锋。中国同苏联和英国的冲突加剧:和前者是因为边界和意识形态分歧;和后者则是因为自第一次鸦片战争之后后者一直占领着香港。北京宣布所有同苏联结盟的党派和国家都是中国的敌人。中国经历了前所未有的孤立时期。

改革开放新时期的开始

1976年毛泽东逝世,"文化大革命"结束。1978年,中国进入了改革开放的新时期。中国认为要推动新政策就必须拥有一个稳定的内部环境和良好的外部关系,要从与周边国家改善关系开始。首先出现关系缓和的是同苏联。1991年苏联解体,中国同俄罗斯重新签订了商业合作协议,开启了中俄两国贸易往来的大繁荣时期。此后又签订了战略合作协议。中国没有解决与印度的边界争端,但不管怎样两国边界地区维持了和平氛围。对外开放使得整个80年代成就了外国投资中国的高潮。世界上所有的重要跨国公司都被中国庞大的市场所吸引,纷纷进驻中国。值得一提的是,美国企业在中国的金融和经济利益的增长对北京和台北的关系(自1949年以来)有缓和的作用。台湾成了中国大陆经济各行业的第二大投资者。虽然大陆和台湾的联系日益紧密，"台独"问题却一直持续。不过，美国冒险越界支持台湾的可能性已经越来越小，原因在于上文提到的经济利益以及要在中国政治军事力量日益强大的亚洲维持一种平衡。

日本一次又一次的挑衅

日本以及中日关系是一个特殊的情况。两国的关系是矛盾而具有两面性的：一方面，日本是中国的第三大外国投资者，中日两国间的经贸往来和技术转让与日俱增；另一方面，两国的政治立场从来都没有让步。日本方面，其最高领导人从来都不放弃任何机会参拜供奉着1937年到1945年侵华战争期间阵亡将士的神社，而中国方面总是强烈谴责这一被认为是挑衅的行为。多年以来中国政府坚持要求日本公开道歉，对战争期间犯下的罪行请求原谅。根据中方的数据，战争造成了三千万人死亡。几位日本首相访问北京时总是重复的那句简单的"我们感到很抱歉"从来都没法让中国人感到满意。而对于日本人来说，道歉的要求不符合他们的民族骄傲。另外，日本的实用主义告诉他们，承认战争罪行就意味着为一系列巨额战争赔款提供了依据。战争期间，日本军队迫使中国、韩国、菲律宾以及其他被侵略国家的女人成为慰安妇。

从政治上来说，今天的日本早已不是战后世界第二大国了。她已降格为世界第三大国，将第二的位置拱手让给了中国。日本无疑是美国在亚洲最好的盟友。对于拉丁美洲，日本遵循传统的美国政策"美洲是美洲人的美洲"，从不越雷池一步。日本要艰难地克服一系列障碍才能维持住今天的位置。维持现状或者至少阻止继续下滑的趋势，从根本上取决于其经济增长。然而日本的经济现今受到经济和金融领域的"真空"的影响而停滞不前，具体来说是受困于其服务业（银行、航空、通信、房地产等）成本的不断增高，以及企业对银行的不可偿还的巨额债务。

中日之间的历史问题是一回事，而两国争夺亚洲领导权的竞争又要另当别论了。要了解这件事情，请回忆1997年亚洲金融危机时两国所起的作用：是中国通过向在香港证券上市的大陆企业注入巨资，从而挽救了香港股市；然而日本由于日元升值和滞涨造成的内部危机，无法给予经济危机一个回应。这给日本敲响了一声警钟，证明了一个强有力的、具有挑战性的新中国在亚洲的霸主地位。

在第二次世界大战日本战败的灰烬上建立起的美日联盟，是美国在亚太地区对抗远东地区两大社会主义巨人中国和苏联的滩头阵地。而这一联盟也经历了半个世纪的巨大改变和这段历史时期世界上所有的政治形势风云莫测的变幻。苏联解体了，共产主义阵营消失了，全球力量的平衡变得有利于美国，使其发展成在世界上没有对手的第一强国。这些年里，日本始终在美国这把拥有核武器的大伞的庇护下，严格遵守宪法第九条，禁止发展进攻性武器及派兵前往国界线以外的地区。然而，过去的军事基地还在那儿。而宪法神圣不可侵犯的原则，在政治形势的变化以及其最重要的赞助者和盟友美国的战争承诺面前一再退让。日本的现实政治和实用主义使其超越宪法的原则，加入了干预伊拉克的武装部队。同样，现实政治的另外一面使得日本对于伊斯兰国家，特别是石油出产国阿拉伯国家小心翼翼，因为这些国家是其不可替代的能源产地。

日本长期的经济疾病来源于日元升值。这一现象在将近三十年里使日本进入了一个不间断的工业迁移过程，其工业的一部分转移到了东南亚、韩国、中国大陆和台湾地区，以求挽救它丧失的生产力和竞争力。这一进程同时带来了一次完整的技术转移，用一位知名的日本学家的话来说就是采取了"苍鹭飞行"的形态。

世界上少有国家能像日本这样得益于中国的改革开放政策。同时，中国也从新的中日关系中得到了巨大的优势。日本竭尽全力向中国输出其技术和金融潜力，甚至是消费品。同样，中国非常需要日本这一地理位置邻近的生产大国。日本火力全开地来到中国投资，不仅带来了技术诀窍，也带来了金融资本。中日两国之间建立起了利益联姻，在创伤的历史阴影下，如今建立起了经济、金融和贸易的联盟。日本极端保守主义和右翼团体仍然不断叫嚣重新武装日本和大国沙文主义，但这些企图越来越受到中国的强烈反对。

第三世界的对峙

另一个针锋相对的舞台是第三世界。一个物理原理是水中空缺的部分会立刻被一团液体填满。这一点在政治上也是如此。现在中国正在非洲和拉丁美洲挤占美国和欧盟都无法填满的空隙。我们来看看非洲的情况。作为一个无可比拟的对油气、矿产和农产品有很大胃口的强国，中国正加强它在非洲的影响力。而早在毛泽东时期，中国就进入这片土地，与很多非洲国家签订了公路基础建设和重要的技术发展领域的合作项目。

对于中国重新进入广阔的欠发达的非洲和拉丁美洲舞台，有人谴责说：中国使得这些地区成了没有产品附加值的初级产品供应商。

说人们害怕中国"洗劫"发展中国家的原料、能源和食品，回答是不容分辩的：如果这些发展中国家没有能力给商品附加价值使之成为工业产品，那么他们面临的选择是让产品烂在土地里，却放弃中国给予他们改善贸易平衡的机会吗？更确切地说，发展中国家应该遵循巴西的例子，做好准备迎接十三亿中国人随着生活水平的提高不断增长的食品需求。中国未来十年和二十年的食品赤字和能源赤字一样是巨大的。这一事实不仅要警醒农业高度商业化的国家，也给发展中国家敲响了警钟。它们为此做好了准备了吗？拉美国家与其抱怨，更应该在它们的十年发展计划里单列一章，用恰当的答案应对食品和能源等的挑战。东亚新兴经济体们已经对其虎视眈眈了。努力不要让这些商品的买卖成为英美剥削对象的历史重演，对来自中国、日本、韩国、印度、俄罗斯和东南亚直接投资占重要地位的拉美国家来说是一项重要任务。此外，还要为高科技和工作岗位转移作好应对。

我们不希望中国能在反恐战争中和美国结盟。很明显，中国和世界上其他文明国家一样反对恐怖主义。不仅仅因为中国有着灿烂的历史文化，也因为在内战中中国就知道善待俘虏。而其外交政策也是和建立外交关系的国家的所有政党有联系，不管其意识形态或政治倾向。

中国为了发展，需要一个和平环境，因此支持打击恐怖主义。然而，同美国和西方其他国家在这一点上的共识并不能使其成为西方的战略盟国，也不能消除他们在伊拉克战争或制裁朝鲜问题上的分歧。对于这些问题，中国有着不同于美国的视角。中国和许多其他国家一样签署了核不扩散条约，但是保留非攻击用途使用核能的权利。中国一贯坚持拥有常规和非常规武器的反垄断政策。它不明白为什么有些国家擅自拥有各种武器，却禁止其他国家的这项权利。但是当局势发展到美国同伊朗和朝鲜到了战争冲突的边缘的时候，中国的立场是试图将问题维持在和平的轨道，寻求对话解决。

以前中国在处理外交问题时一直保持低调。然而随着中国在经济领域越来越成功，中国的政治和学术界也开始在国际问题上采取更主动的姿态。同时，华盛顿一直认为它和平壤的冲突可以由中国调解。由此诞生了所谓的"六方会谈"，中国是会谈的中心。这位亚洲巨人又重新担起了国际政治舞台上的主要角色。

中国和苏联过去由于领土和意识形态争端造成的紧张关系已变得具有建设性并富有成果。它们是邻国，双方都互相需要。美国在东欧同苏联过去的重要卫星国家，如捷克共和国和波兰政治上结盟的时候，俄罗斯也和过去其领土管辖范围内的哈萨克斯坦、塔吉克斯坦、乌兹别克斯坦和吉尔吉斯斯坦建立了忠实的盟友关系。这一地区同样也是中国感兴趣的石油产区。因此，八月份，六个上海合作组织成员国大胆地进行了共同军演。美国希望作为观察员参加这次军演却遭到了拒绝。这一新成立的中亚合作组织总人口达到了三十亿，国内生产总值加起来达到了3.7万亿美元。[1]

中国和俄罗斯在很多方面有共识，这促使双方签署了紧密的国防合作协议。在此之上有一项突出的共识：反对美国的霸权。

中国寻求建立一个多极化的世界，为此要加强能够牵制美国的各种力量，尤其是欧盟，其次是新兴的作为第二层次的国家，如俄罗斯、印度、巴西。南方共同市场对于中国来说是重要的经济和地缘政治团体，中国始终把巴西视为该组织的龙头。

可以预测的是，未来中国在世界舞台上的活动，仍将维持传统的不制造不必要的事端，也不卷入无关的他国纷争的外交风格。但是，当局势或决策威胁中国的国家利益的时候，中国将在联合国安理会等国际机构中发挥更大的影响力和行使投票权。中国政府一向寻求以和平的方式解决台湾回归问题，这是与中国同世界上其他国家享有的和谐气氛相适宜的。然而，以非和平的方式完成统一大业也同样在中国政府的日程表里。未来这一冲突的解决是通过哪种方式，取决于几个因素：第一，台湾内部各党派的形势发展及其与大陆的关系，是两岸统一的力量增长了，还是与之相反的支持"台独"的观点占上风；第二，美国针对这一问题未来的态度，是助长还是打压支持"台独"的台湾政治力量。

未来几十年内中国同美国以及世界其他国家的关系发展将是曲折前进的。在我们所处的全球化的、各国之间相互依存的世界，美国颁

---

[1] 见卡洛斯·安东，《上海合作组织和资本主义危机》，Le Monde Diplomatique，2007年9月18日。

布的一个经济政策立马会在中国、欧洲、拉美和东南亚有所反应；同样，上海的证券市场打了一个喷嚏，华尔街立刻就会受到传染，像滚雪球一样，圣保罗和其他更多的地方都难逃被波及的命运。

2008 年 4 月于波哥大

第五篇

文化风俗剪影

26

遛鸟客

自古以来人们就对日常生活感到厌倦,而如今环境污染以及大城市普遍存在的混乱状况使得人们不断追求不同的娱乐和消遣方式。香港自然不例外。

那里的居民选择了鸟儿作为日常生活中对抗现代生活方式冲击的自然标志。

遛鸟客的自然场景

在香港,连工作日都不例外,不仅仅公园里到处是中年男人和退休了的老人,我们姑且称他们为"遛鸟客",就连茶馆里也聚集着这些人,他们花几个小时喝茶,欣赏他们挂在朝街的窗口的宠物鸟。就这样,这里形成了一个其身价由他们的鸟笼而不是鸟的品种决定的群体。他们的鸟笼用不同的材料制成,从竹子到各种金属,再到雕刻精美的象牙笼子。鸟笼的价格从一百多到几千港币不等。而一个象牙鸟笼的制作往往要花费几个月的时间。鸟笼还成为父亲传给儿子、爷爷传给孙子的家庭遗产。

鸟啼与人声交相辉映

上文提到的茶馆不仅仅是各种笼中鸟儿的栖息之所,更是鸟主人

遛鸟客

们的日常聚会场所。伴着鸟儿们叽叽喳喳的啼声，到处都是聊天的人，构成了一幅难懂的喧闹场景。

直到今天的香港，这种特殊的爱鸟情结只限于男性。

茶馆里的一切都显得那么祥和。然而，随便你走到任何一个这样的茶馆深处，都会找到斗鸟的地方，主人都会给鸟儿报很高的价格。

每天上午十点左右，大约五十个男人聚集到一张桌子边上等待着第一个"回合"。人们高声叫着赌注（不需要记下赌注，因为都是熟脸）。当两只鸟面对面被摆在桌上的时候，笼子的门被打开。总是有一方的鸟试图进入对手的鸟笼；而另一只作为回应，和对手开始一场恶战，羽毛飞天，两只鸟儿像小公鸡一样互相抓挠。这样的表演是很残忍的，结局总是流血甚至是死亡。

几大洲的鸟种类和传说

说到鸟的种类，最受欢迎的是一种绿色羽毛、白色眼睛的精致的鸟儿，产自中国南方，声音悦耳动听。在被花鸟市场占据的人行道上，你能看到关在金属笼子里的一种小麻雀。它的颜色是一种金属的红色。根据我们的推测，它肯定是我们访问的大连海洋科学博物馆里的蜂鸟。亚洲人认为它是世界上最小的鸟，博物馆里的分类表明它来自哥伦比亚的亚马孙丛林。

在上文提到的大街上还售卖一种产自印度尼西亚的啼声悦耳的鸟，有着绿色羽毛，体型较大；此外还有印度的棕鸟，泰国的柳莺、曼谷自杀鸟以及澳大利亚的白鹦鹉。每一种鸟都有自己的传说。比如麻雀可以占卜命运，而蒙古云雀只在急速飞行的时候歌唱。

这些鸟儿最喜欢的食物是蚱蜢。这些蚱蜢或是由本地人在香港新界捕获，或是由中国内地船只运输过来，每天黄昏的时候，成筐的昆虫到达尖沙咀码头。

尽管鸟类生意意味着几百万美元的年收入，但对于许多香港人来说，这一传统早已失掉了它的辉煌，而这项"爱好"正大规模地传向中国内地。

1995 年 10 月于香港

斗蟋蟀

介于创造性和残忍之间

对我来说，宁津就像是中国的马孔多。距离北京六个半小时车程，有一半以上的路程都是往天津方向的现代化高速公路。车子在行驶了三个小时以后钻进了小路，望着车窗外夏日的尘土，让人不禁联想到太平洋沿岸的干旱村庄。

这一切都始于几个星期前，中央编译局的徐先生邀请我们参加宁津蟋蟀节。实在难以相信，斗蟋蟀，这种在我们看来只是农村和街坊小孩的游戏，怎么可以尊享节日这样的殊荣。现在回到北京，回想起之前三天发生在山东省的这个地区的事情，我们不由得增长了过去一直秉持的对中国人的忍耐力、对他们在困乏中的生存能力的崇敬之情；并且对中国人超凡的想象力，在没有人能找到资源的地方发掘可以超越现实生活水平元素的能力肃然起敬。

听说蟋蟀是宁津的支柱产业的时候，我想这种巨大的昆虫肯定有着丰富又营养的肉质，除了可以作为家庭食材外，还可以给家庭带来可观的收入。如果不是这样，那么它一定有某种特殊的能力，就像故事里说的一只训练过的跳蚤被以几千美元的价格卖给了马戏团。但事

斗蟋蟀

实上这些猜测没有一项是正确的。中文这一和我们的语言千差万别的语言经过翻译后让我们觉得进入了迷宫一般。但发现真相的过程却在一天之内解决了。一天,我们打开了酒店房间里的电视,屏幕上正播放着两只蟋蟀搏斗的录像。一位专家将两只蟋蟀放在只能勉强容下它们的"格斗场"里,用金属管将两只蟋蟀吹向对方。这一过程持续两到三分钟。蟋蟀们本身并没有互相格斗的动机,但是一旦被局限于双方的触须都会碰到一起的狭小空间内,就会展开一场殊死搏斗,直到发生致死的咬伤才会停止,一只蟋蟀往往会失去至少一只牙齿。此时,会宣布出局的蟋蟀和胜者,而胜者的主人可能是像北京、天津、上海这样重要的省市的代表。然后新的一对对抗者又上台了。

格斗一般六到八个回合结束,直到一方被咬伤、竞争双方被分开,或者一只蟋蟀将另一只掀个底朝天。

这项表演无疑是全世界唯一的。它有着几千年的传统,并有着丰富多样的各色活动,以至于两年前宁津县政府决定将其变成一个节日。

三天时间里，整个县城里各项节日活动如火如荼地展开：戴着当地人民用自己的聪明才智制成的戏曲面具、化了装的舞蹈演员表演巷子舞蹈，或是踩着高跷伴着锣鼓喧天的当地旋律翩翩起舞。人们欢聚在街道上随着游行的花车前行，鞭炮声不绝于耳。宁津的大街小巷里充斥着进行曲的乐声和带有蟋蟀标志的小旗子。总之一句话：蟋蟀，这种昆虫的学名，在这节日三天里是县城各个角落里听到最多的词。

更让我惊讶的是，我们得知在这次活动的组织者中就有中国科学院的教授及中国最有名的昆虫学家之一吴继传，在他的众多作品中就有《中国宁津蟋蟀志》。这是一本322页的书，吴教授从不同的角度分析了蟋蟀，从生物学的角度开始，如蟋蟀血液的化学成分、蟋蟀躯体的大小、蟋蟀繁殖的环境条件，到斗蟋蟀的文化环境，再到蟋蟀作为收入来源的财产。宁津这样一个823平方公里的黄河流域次平原，夏天气候极其干燥，温度达到28摄氏度，冬天最冷低至零下20摄氏度。这样的自然条件十分适宜蟋蟀生长，最大的蟋蟀可达3厘米长，平均也有1.9厘米长。蟋蟀的平均寿命是九个月，而第八个月是其生长的峰值。宁津蟋蟀在整个中国甚至在同样有斗蟋蟀传统的东南亚国家都有很大的市场。

宁津县有43.9万人口，1991年其生产总值为290万美元，是十年前的三倍。宁津县在十分落后的基础上取得了巨大的进步。同样，宁津社会各阶层为改善现实条件以争取在不远的将来实现腾飞所做的努力也是值得尊敬的。归功于宁津县政府紧抓改革开放的政策，宁津县已经拥有了刚刚开始发展的工业，其支柱产业是纺织业、发电机和建筑业。但是宁津县还有很多工程项目需要建设，尤其是交通、能源和通信设施。

我们可以说这是一个蟋蟀和它们的贡献的故事。

1992年10月于北京

28

中国的爷爷奶奶手握大权

被指派的荣誉管理者

人们关注中国的社会现实的时候,很容易犯一个错误,就是戴着惯有的有色眼镜观察她,轻视几千年来不断塑造人们的社会行为的哲学和文化类型,而他们的行为准则是基于儒学这样的道德准则的。两千五百年前孔子在世的时候,他的杰出思想就影响了无数人。在西方,只有柏拉图和他的学说有相当的影响力。

父权家长制的结构

仅仅是基于上文所述的意识形态基础,我们就能理解中国家庭的父权家长制结构直到今天仍有效,爷爷奶奶仍然是社会生活的主人翁。父权家长制在中国达到了这样一种程度——当一对夫妻的孩子降临人世的时候,照顾产妇坐月子的第一人选是孩子的奶奶。

爷爷奶奶在中国的家庭组织中代表着一种权威。不仅仅是奶奶致力于承担保姆和家庭教师的角色,而且两位老人往往承担起家庭经济管理的责任。因为他们已经是拿退休金的被边缘化的劳动力,他们所有的或者大部分时间都能用来照顾孙子,而他们的儿子女儿、女婿儿媳妇则可以从事生产工作。

教育问题

不可否认在中国有一系列的幼教服务,包括工厂、部委以及其他政府部门内部的幼儿园、托儿所等。然而,由于传统的影响,不少夫妻甚至是摩登家庭的夫妻都倾向于让爷爷奶奶或是外公外婆承担子女的成长抚育和学前教育。这样的结果无疑有利于老年人融入社会,以这样的方式在他们的有生之年找到一项使命,使他们感觉自己对后代和社会有用处。然而,这种由老年人实施的教育有多大程度的过度保护主义的缺陷呢?这是中国人还不敢分析的一个问题。目前我们唯一可以确定的是,祖辈的教育任务在中国正全面推行,这也是家庭单位的一个重要环节。

2005 年 6 月于波哥大

迎接奥运会的中国

这是一个伟大的时刻，孔子的家乡换新颜

8月8日夜晚，焰火照亮了北京的夜空。这是奥林匹克的伟大节日。"同一个世界，同一个梦想"是这次奥运会的主题口号。

2008年奥运会这一伟大时刻，中国首都北京的精神和文化环境是怎样的？我们先从最外在的变化开始：时尚，在中国它不是随着时代的变迁而变化，而是遵循经济模式的变化而改变。与毛泽东时代相比，真是令人难以置信：那时候的女性都是穿着肥大的男女通用的裤子和灰的蓝的制服，而现在她们则身着色彩鲜艳款式大胆的名牌服装，而收入丰厚的男士爱穿西服打领带，这是他们外形的新标志。在普通街区和杂乱的十字路口处，骑自行车穿灰色或蓝色的衣服的人们，活生生地表明了他们在致富的马拉松比赛中落伍了。偶尔窜入我们视线的，有梳着朋克头、画着夸张的妆容的年轻人的身影。在大街上很难看到情侣间的拥吻，在这一点上传统的清教主义战胜了体制的变迁。

文化和艺术表达上又有什么变化呢？七十年前毛泽东在延安文艺座谈会上发表了他著名的文章。他的指导思想是社会主义的现实主义。毛泽东认为，在社会主义社会中，所有的艺术创作都应该为工人阶级

北京奥运会主题"同一个世界,同一个梦想"

和农民阶级服务。这之后多少年过去了,发生了多少变化!

"文化大革命"(1966—1976年)时期,人们只能看所谓的"样板戏",包括名为《白毛女》的芭蕾舞剧,"革命现代京剧"《红灯记》《奇袭白虎团》等。最荒唐的是京剧和儒家著作都被定性为封建产物。

改革开放后中国发生了多少变化啊!

如果说在经济和科技领域,中国人把从西方学习到的大部分内容都加以同化、转化和归还,那么,在文化方面的情况则非常不同:不断在国际市场上崭露头角的中国作家、画家和音乐家们拒绝抛弃中国的文化传承。

特别是造型艺术和电影享有更加自由的空间。虽然没有前两者那种自由度，文学也正处在繁荣发展的时刻。为了让中国新的艺术作品有更高的声誉，必须创造一些特别的条件，比如吸引前瑞士驻中国领事乌里·希克等收藏家大量收藏当代中国艺术作品，以及让中国当代艺术品进入苏富比和佳士得等国际拍卖行。中国新兴的画家们热切地寻找原创的表达方式，但在找到这样的方式之前还得用破纪录的时间来咀嚼和消化国外画家一个半世纪的所有成果：表现主义、超现实主义、立体主义，伦勃朗、米罗、毕加索……

1998年第一届中国现代艺术奖把中国造型艺术家和欧洲的先锋派联系在了一起；随后中国艺术家参加了威尼斯双年展，并通过参展同西方大型的艺术中心取得了联系。得益于此，1999年美国举办了两场中国当代造型艺术的大型展览，引起了哈佛大学教授、著名的中国古代艺术史专家巫鸿的兴趣。

中国画家仍然联系现实世界，坚持现实主义艺术，并力求摆脱种种束缚：毛泽东时代的审美遗留、中国悠长的历史、时尚的冲击、国际市场的压力等。然而，当今的中国艺术令人惊异地具有原创性。

值得特别注意的是中国的新电影，具有两个趋势。第一个趋势是带有意大利新现实主义的味道，出现了类似柴伐蒂尼和维斯康蒂这样真挚的、纪录片式的表现主义导演。最具代表性的是第一个创作阶段的张艺谋。他的三部曲《红高粱》（1987）、《菊豆》（1990）和《大红灯笼高高挂》（1991）将他和中国电影推向了世界的星光舞台，后两部作品在戛纳和威尼斯电影节获奖，第一部电影获得了奥斯卡提名。鉴于天才的张导演已经将中国电影带向了世界级的高水平，他被任命为2008年北京奥运会开幕式和焰火表演的总导演。

追随着他画面斑斓多姿的内心世界，张艺谋的第二个创作阶段

张艺谋的三部曲

更像是一场表演。电影《英雄》展示了他关于中国武术的所有奇想。这一创作趋势使他走近了好莱坞，却使他与挑剔的中国影评界渐行渐远。因为与绘画和文学领域一样，电影评论界还是没有放弃艺术要扎根于现实的观念。

文学领域呢？80年代的改革开放以后，中国人开始接触潮水般涌来的豪尔赫·路易斯·博尔赫斯的小说作品，以及随后的胡安·鲁尔福和加夫列尔·加西亚·马尔克斯。现在他们已经吃饱了所谓的"魔幻现实主义"，把视线转向美国和欧洲的叙事文学。

1980年左右，在思想解放运动的推动下，中国当代文学实现了前所未有的繁荣。人民生活的巨大改变像一股激流进入了所有的文学领地。时代的客观需求、读者的愿望和作者的感情达到了完美的统一。

现实主义的三大流派——社会主义现实主义、批判现实主义和魔

莫言

幻现实主义已经是明日黄花了，而游侠骑士、武术大师、魔幻冒险的故事和不乏露骨性爱描写的爱情小说大行其道。许多这类新小说家在博客和网页上发布作品，得到了比世界上其他地方的同行都要高的关注度。一位更加严肃的小说家是莫言，有获得诺贝尔文学奖的潜质。他被认为是"中国的卡夫卡"。他的小说《丰乳肥臀》的背景就是20世纪贫困落后、战火连绵的中国。

以手机为载体的博客和电子书正悄然兴起。中国拥有三亿网络用户，他们比西方人还要沉迷于电子通信设备。现在恋人之间流行发短信写情诗。

再次回到主题：2008年北京奥运会，这是毛泽东无法想象的。邓小平无疑离这个梦想更近一点。然而，中国人明白：他们今天拥有的一切如果没有毛泽东当年的丰功伟绩都不会存在，是他给了中国人作为人民的尊严。

  18世纪的时候,同样具有革命精神的法国哲学家伏尔泰说过,在人类历史上还没有哪一个民族像中华民族一样,在四千年的时间里没有改变一丝一毫。如果他活到了21世纪又会怎么说呢?"中国正在改变"不仅仅是到处重复的一句话,而且是在各个领域都可以得到印证的确凿事实。甚至最近在中国西南发生的这场地震也反映了中国人观念和思想上的深刻变化。今天他们更加开放,更加理解他们自己在一个同样不断变化的世界中的角色。总之,中国正在改变。

2008年8月于波哥大

诗人毛泽东

不为人所知的一面

毛泽东有多重特征——哲学家、军事策略家、政治家、诗人。

然而，相比毛泽东在其他领域的光辉和伟大，他作为诗人的形象则在某种程度上被边缘化了，有些模糊。似乎毛泽东本人就是希望如此，因为他总是对出版自己的诗作显得不那么上心。据某些传记作家估计，他的诗作加起来是现今广为传播的作品数量的两倍。

毛泽东曾有一部诗选名为《风尘集》。这些诗是他在延安的时候为最亲密的朋友们创作的，其中有一首长篇诗歌《草地》。

毛泽东的诗歌风格是比较传统的。他的大部分诗歌的抬头都标明了使用的词牌名。毛泽东的诗歌遵循了中国诗歌的灿烂传统，充满了中文语言本身就带有的隐晦的魅力。诗中有意大量引用自然、山川、河流等，它们是寻求人民解放的传奇长征的见证者。

毛泽东第一部官方的诗集出版于1957年。当年，杂志《诗刊》创刊，主编向毛主席请求刊登几篇他的诗。毛泽东在寄出的十八首诗歌的回信中写道：

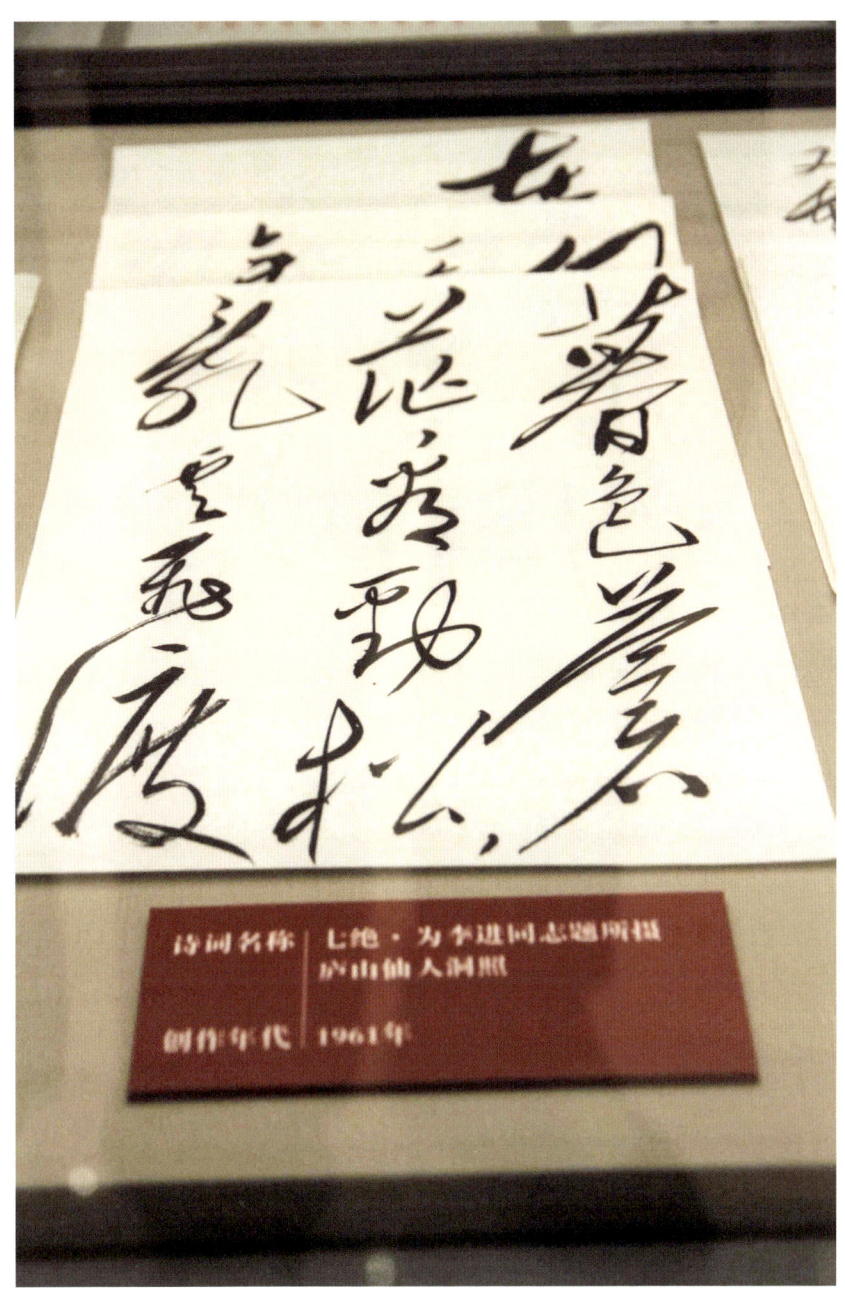

毛泽东诗词真迹

毛泽东韶山老家门前合影

> 这些东西，我历来不愿意正式发表，因为是旧体，怕谬种流传，贻误青年；再则诗味不多，没有什么特色。……诗当然应以新诗为主体，旧诗可以写一些，但是不宜在青年中提倡，因为这种体裁束缚思想，又不易学。[1]

抛开他看待自己的诗歌作品以及其他所有的作品时的谦虚态度不说，毛泽东在这里所指出的是，对年轻一代人没什么建设性的绝不是他诗歌的内容，而是那些必须遵守的古体诗形式上的规则。自青少年时代起，毛泽东就是古代作家和诗人诗歌作品或叙事文学的忠实读者。

---

[1] 毛泽东，《毛泽东诗词三十七首》，布宜诺斯艾利斯，Editorial Schapire 出版社，1974。萨兰迪·卡布雷拉序。

正是这些阅读造就了他的反叛精神。他的父亲坚持要儿子掌握孔子《论语》的内容，为的是有了这些知识的武装，可以在地界官司和收成分配的官司上为家庭辩护。只是在 1917 年 11 月 7 日（俄历 10 月 25 日）俄国十月革命爆发，尤其是社会主义在中国建立以后，毛泽东才开始尝试新诗，就像他希望的那样，不再束缚思想的表达。

自己诗歌的主角

不论从什么角度来看，我们都可以认定毛泽东不是一个有着强烈诉求的天才诗人，也不是一个多产的诗作者。如果他的头脑里没有装满那些缪斯女神，以及就像他在一篇文章里写到的，比女神还要更有生命力的"改造堕落的世界"的飓风一般的热望的话，或者如果他没有亲身经历那些革命加给他的超凡维度的人生，也许他能成为这样的诗人。正如 1963 年 1 月 9 日他在一篇诗文中写道：

> 多少事，从来急；
> 天地转，光阴迫。
> 一万年太久，只争朝夕。

至少他诗中呈现的内容告诉我们，他写出的诗是从个人经历中得到的灵感，几乎是重大事件发生后需要一位有能力谱写一首美学上超越真实生活的崇高与伟大的诗人的灵感。

在中国革命特殊而又波澜壮阔的历史变革中，英雄伟业的主人公和壮丽史诗的歌颂者合二为一。

他的作品中也不乏对人生中重要事件的回忆，有时候是悼亡死于国民党刽子手的第一任妻子（《蝶恋花·答李淑一》），抑或是《水调歌头·重上井冈山》里的"三十八年过去，弹指一挥间"。

诗歌的题材总是那些。而毛泽东诗词作品也不乏那些从古至今带给伟大诗人们灵感的题材。如果要说区别的话，那就是历史上任何时代都还没有哪一位诗人能像毛泽东一样，诗人本身就是人口几亿国家的最高统帅。他作为震撼了东西方的历史的主导者，用胜利史诗描绘自己亲自指挥过的战争，或是在抒情诗中赞颂人民战胜瘟疫（具体来说是血吸虫病）。这是千载难逢的。简单来说，虽然亚历山大大帝、汉尼拔、拿破仑和列宁在军事艺术和其他某些方面可以和毛泽东相媲美，但是却缺少这位中国领导人所拥有的诗人血脉。咏怀爱情这一任何时代任何地域的诗人都倾注了其最美好禀赋的主题，也被他烙上了军事革命的印记：杨开慧是毛泽东的妻子，她宁愿赴死也不透露毛泽东的下落和她所在的湖南长沙党组织的机密。

毛泽东不仅在写诗的时候体现出他的诗人才情，细心的读者会发现，从他的军事和理论文章里也可以看出作者时而突然偏离了政论文章严谨的条条框框，让那些只能用诗歌的方式来表达的情感浮出水面。

在1945年4月24日《论联合政府》的报告中，回忆起革命战争年代，他突然写道："他们从地下爬起来，揩干净身上的血迹，掩埋好同伴的尸首，他们又继续战斗了。"[1] 再比如，1945年10月17日的《关于重庆谈判》一文中，毛泽东写道："我们共产党人好比种子，人民好比土地，我们到了一个地方，就要同那里的人民结合起来，在人民中间生根、开花。"[2]

一些翻译问题

我相信，将汉语翻译成西方语言要比将其他任何一门语言翻译成

---

[1]《毛泽东选集》第三卷，北京，外文出版社，1968。

[2]《毛泽东选集》第四卷，北京，外文出版社，1962。

别的语言更艰难。具体来说，要将汉语翻译成西班牙语就更困难了，因为缺少既能深入理解这两门语言的，同时又是诗人，或至少会运用诗歌语言的人。汉语是一种极其简练，引人联想，时常模棱两可，具有比喻意义又暗含优美影射的语言。所有这些都构成了这门语言的内在财富，却成了将其翻译成其他语言的障碍。此外，中国古典诗人，比如毛泽东，时常借用本国文化中的神话传说和神话人物。这让不了解中国文化的人必须借助注释才能读懂毛泽东诗词的含义。

这次的翻译团队只有十个人，有时候我们碰到的两种语言的差异问题，让我们觉得这项任务已经超越了我们的智力水平。《蝶恋花·答李淑一》无疑是我们讨论最多、工作时间最长的一首。有时候有些同事特别坚持诗词要采用某一特定的译文版本，让我觉得连诗歌都摆脱不了政治斗争的厄运。

毛泽东总是受到重大事件的震动后创作。1957年他收到了战友及同乡、长沙师范学校的李淑一老师的一封信。在信中，她诉说了对丈夫柳直荀（也是毛泽东曾经的战友）的思念，毛泽东回寄了她一首夜晚追忆往昔写下的词《蝶恋花·答李淑一》。

翻译此诗最大的困难在于"柳"和"杨"两个字的双重含义。第一个字是他死去的战友的姓，同时也是"柳树"的意思；而第二个字是他被国民党杀害的第一任妻子的姓，同时也是"杨树"的意思。江青对将《蝶恋花·答李淑一》一诗翻译成其他语言感到很挫败，她极力促成采取更加隐喻的译法，避免过于直抒胸臆："我失去了我挺立着的杨。"她的意见胜利了，而我在保留了政治意图的情况下也遵循诗作的美学，也支持这种译法。诗词中体现更多的是杨树的形象。但不能避免的是，"高层"决定给诗词添加注释，解释清楚比喻背后隐藏的意义。由于存在着几处不言而喻的议论焦点，因此花了漫长的时间才确定最后的译本。我们的工作准则不是迁就大多数人的意见，而是不惜一切代价寻求一种共识。

最终《蝶恋花·答李淑一》的译文诞生了,题为《永垂不朽的人们》:

我失去了我挺立着的杨树

你失去了你的柳树

杨柳飞上了天国

试问吴刚[1]

有什么能赠予他们

吴刚拿出桂花酒[2]

孤独的月仙子

甩开了她宽广的衣袖

为这些尊贵的灵魂翩翩起舞

在无穷无尽的天空里

忽然得知地上

老虎被打败了[3]

欢乐的泪水像大雨倾盆而下

2007年4月于波哥大

---

[1] 被众神明惩罚砍月亮上的桂树的仙人。几百米高的桂树在吴刚落斧的时候又重新长出来了。

[2] 永生者的饮品。

[3] 指国民党的军队被打败。

第六篇

介绍和访谈

《在中国的两次生活》介绍

如果我的文章里能体现一点中华文化的博大精深，
那我就很知足了。

为什么要写作？有些人说是"为了让人们爱我们"，另一些人说是"为了在这个世界上留下我们的足迹"，又有些人说是"出于人的生理需求"。我说写作是为了克服对死亡的恐惧，因为写作是向记忆求证，拒绝遗忘的背叛。诸位应该知道有一种雌性动物在和雄性交配的时候会将其杀死。对我来说，写作就是如此。

我在中国这十七年的生活经历太重要了，我不得不将其写成文字。有一次，几乎是官方宣布"文化大革命"动乱时期结束的第二天，我就想把我见证的这些年的事情记录下来。然而由于当时的形势和我自身的情况，这篇文章充满了意识形态的痕迹。意识形态这个词，《格里哈尔博百科全书》里定义为"在社会形成并由个人表达出来的一系列观点、价值、愿望等，个人、社会团体或潮流的社会现实感借此得以体现"。如果一个人沉迷于意识形态中，人们会认为他是不理想的人。如果有什么东西注定值得消亡的话，那就是意识形态了。然而它顽强地再次出现。当苏联解体的时候，有人说"历史终结了"，他们认为那时候死亡的是教条和思想上的盲目。然而事实恰恰相反。在那一意识形态的灰烬中，孕育出了显然是新的一种意识形态：全球化。这个词表达了本义——全世界国家在经济、金融、贸易乃至文化上互相联系，这是没人能否认的事实——却同时意味着另外一面：历史再次重演，制造出遮蔽事实的帷幕。

书中呈现了很多内容。一些关于历史，另一些是我的个人经历，其他更多的纯粹是展现我的想象。这是让我感到舒服的一个版本，我甚至会为书中一些有趣的段落而嘲笑我自己。我没办法像斯坦贝克那样在这箱纸张中装满所有我想表达的，不论是爱，还是痛苦、热情、失望或是享乐。生活是如此丰厚，任何时间和空间都是渺小的。

我说过在这本书中有关于中国历史的内容，但是要呈现被有些人称为"文化大革命"，而被另一些人认为是"动乱年代"的六七十年代的历史，就太过于自负了。不，这在过去和未来都是历史学家的任务。也许我从远处对于这些事件的看法，与一些中国和外国朋友的不一致。令我惊讶又高兴的是，事实并非如此。但是我深知，对于这样深刻而激动人心的事件，正常情况下不同的见证人会有不同的解读。就像最近看到本书的一位读者所评论的，在这部作品中，我既不批判，也不鼓掌，留下一定的空白让读者思考并提出疑问。

是的，我通过这 200 页纸努力破除先入为主的概念，走进在这里生活的中国人和外国人的感情、热情和梦想之中。

梦想，此时此地这个词对我来说是那么接近。这里发生的一切，尤其是一切发生的方式，是四千年历史里一眨眼的工夫。伏尔泰曾说中国人是一个独特的民族，因为所有的变化都只能使他们继续以中国人的方式进行。人们在任何其他地方都看不到的是，这里人民的生活像是实验室里的一场实验。在这部小说里，有人苦涩地抱怨大同社会美梦的破灭；而另一些人有着过人的聪慧，破除一切旧有的条条框框，庆祝一种经济体制的最终胜利。新的经济体制没有浪漫主义的羁绊，却有能力养活超过十二亿五千万人口,在短短的二十年里使人均收入增长了三倍,并使中国在 21 世纪初成为跻身世界前列的强国。

中国的日子和其他地方没什么两样:一天过去又是一天,一直到死亡到来的那一天;而死亡也是同一副面孔,爱和恨也一样。那么,不同在哪里呢?中外之间的区别,在于这里是天上对地下,皇帝对于臣民有更深重的影响,个人消融在十亿人的汪洋大海里,又成为家庭的构成元素;在于中文神秘而难以捉摸的双关,如果我的文章里能体现一点我就很知足了;在于天人合一的观念,比如在那首关于神秘的没有主人的铃铛的诗里,自然对于脆弱可怜的人类有那样巨大的分量;在于人对自然的抗争,比如醉酒诗人李白在月亮和河流之间的绳索上跳起的生死之舞。

中国的一切都很宏伟:从几千年的历史根基,到人口的数量;从三个世纪里建造的建筑——长城,到规模宏大的现代工程,如三峡大坝,空中城市上海,其海岸将在不久的将来成为世界上最大的贸易和金融港口。

2002 年 6 月于波哥大

伟大中国的十七年

伊莎莉亚·佩那·古铁雷斯访问恩里克·波萨达
新书《在中国的两次生活》

1959年《时代》杂志举办的一次征文大赛中，只有二十三岁的恩里克·波萨达在哥伦比亚文坛初次登场。他获奖的故事名为《游击队员不去城市》。四年后的1963年，他的第一部故事集出版，并由著名画家马尔格伦·莱斯特雷波作插图。1964年，他出版了第一部小说《八月野兽》。他青年时期的叙事作品远离虚无主义和"半世纪一代"的影响。

现在，在中国生活了多年后的恩里克·波萨达回到了哥伦比亚，出版了其第二部小说《在中国的两次生活》，书中的主人公希尔维斯特莱·波赛和他的妻子娜塔莉亚，和其他"大鼻子"们一起经历了中国巨大变迁。

● 当中国完全孤立于世界的时候，是什么吸引了你带着妻子和两个孩子冒险在那里生活呢？

中国当时四面楚歌，被封锁和孤立。到中国以后，我和我其他家人相隔 14960 公里，一封信寄到要三个月时间。她的语言晦涩难懂，她的习俗是个谜。还有就是我还不知道中国人叫我们西方人"洋鬼子"和"大鼻子"。

💬 是什么样的景象、什么样的声音吸引了你？

有种像启明灯一样的东西指引着我，让我觉得我是被选中的那个，去中国，在那里同当地人一起，在他们中间生活了不可思议的一段时间（十七年）。吸引我的是那里的时间维度和历史深度。在去中国很久之前，一个舅舅跟我说起过成吉思汗和他征服中国的战役，以及其他人类历史上独一无二的历史壮举：万里长城的建设和红军长征。在中国，任何事情，乃至是死亡，都被刻上了伟大的印记。

💬 您在中国经历过非常不同的时期。您能发现他们与西方人的不同之处吗？

中国人和我们一样，因为同样的事情哭泣或者微笑。当然，也有无穷尽的事情和西方人截然不同：中国人感觉他们是一个十三亿人口的大家庭，事实上也是如此。世界上很少有国家像他们这样有这么强烈的民族自尊心和自豪感。我曾见过一些很追求个人主义的中国人，在毛泽东的教导下达到了一种毫无利己主义的忘我程度，这种英雄式的忘我让我汗毛都竖起来了。

💬 您的小说浓缩了中国三十年的公共生活和个人生活。您作为这段艰苦历程的见证者会觉得不偏不倚的写作很困难吗？

让我觉得困难的是在完成这最终版本之前，我已经写了三稿，这一过程耗费了我五年的时间。

> 现代中国的发展真的是不可阻挡的吗？我们的子孙是不是要面临"黄色霸权主义"的侵袭？

我见过 20 世纪 60 年代的北京，只有一座体面的宾馆，少量的汽车行驶在自行车的海洋中，时速只有四十公里；再看看现在这座大都会，拥有几十座五星级酒店，这让我们能大概想象出未来的中国是什么样子。现在和过去的对比令人印象深刻，更让人惊异的是其发展变化的速度。至于第二个问题，我们相信中国人的话，他们一贯表示支持多极化的世界。一切都要取决于新一代中国人会不会忘了中国是从什么样的过去走过来的。

原载于"周日阅读"，《时代》（哥伦比亚波哥大），2002 年 7 月 8 日

中国被写成了小说

奥斯卡·多明戈斯·G 访问恩里克·波萨达

最新出版并翻译成中文的哥伦比亚小说题为《在中国的两次生活》。作者是恩里克·波萨达。该书集中反映了作者同妻子和两个孩子在中国十七年的生活,包括"文化大革命"时期。

作为经济学家、汉学家、前哥伦比亚驻北京外交官以及新成立的分属豪尔赫·塔德奥·罗萨诺大学法律与政治学系和天津外国语大学的孔子学院院长,波萨达提到5月8日胡安·曼努埃尔·桑托斯总统即将对中国和新加坡进行的访问。

💬 您生活过、热爱过、忍受过的中国,同桑托斯总统即将访问的中国有什么根本上的不同?

桑托斯已经差不多十五年没有去过中国了,他将惊讶地发现一个全球化的中国。总之,世界的首都正在向北京转移。

💬 桑托斯这次应该和中国人出什么牌?

向中国人展示哥伦比亚不是美国"后院",尽管美国人现在还认为拉美是其后院。这并不是要改变什么,而是探索中国可以转让给我们的一切知识，以及我们可以做他们老师的领域：安全、生物多样性、法制等。

💬 如何理解中国？

如果您不能像我一样在中国生活并观察，那么请注册塔德奥大学的孔子学院。中国的孔子学院就像西班牙人的塞万提斯学院，向哥伦比亚人讲授孔子故乡的语言和文化。

中国被称为"沉睡的巨龙"。20世纪60年代，当我到达中国的时候，中国是一条咆哮的巨龙，从未放弃成为强国的愿望。

💬 中国会像其他成为列强的国家一样侵犯我们吗？

中国人声明他们也曾经是和我们一样的受压迫掠夺的受害者，而他们不想成为施暴者。应该相信他们。

💬 一共有十七位哥伦比亚作家的作品被翻译成中文，其中包括霍尔海·伊萨克、艾乌斯塔西奥·里贝拉、加博和您。哥伦比亚创作者的哪些特质吸引了中国人？

我们种族的起源（加博），我们国家未完成的暴力的诞生（里贝拉，梅西亚·巴列霍，索托·阿帕里西奥）。

💬 您是最近一位作品被翻译成中文的哥伦比亚小说家。为什么是这样呢？

《在中国的两次生活》被推荐为外国作家写的，"不是关于中国，而是从中国人的角度出发"的最出色的作品。

💬 您是什么时候决定写这部小说的？

在毛泽东逝世和"文化大革命"以后，那时候我确定了我并不想写一篇政治评论文章，而是这样一部开膛破肚如手术刀一般的作品。

介绍和访谈 | 157

💬 您的书中也有魔幻现实主义的成分。怎样解释这一点？

龙之国被重新命名为人民公社的中国。《百年孤独》里美女蕾梅黛丝升天的情节没人感到惊讶：对西藏人来说这是日常生活的一部分。

💬 您那颗不安分的到处游走的心是怎么把您带向这么遥远的国度的？

我的命运仿佛是宣告要到达和我们的文化最相对的那一个国家，最深入地走进世界上最古老、人口最多的民族的灵魂深处。

💬 为什么不是美国梦而是中国梦呢？

我总是被福克纳笔下的迷失的村落所深深吸引，也欣赏美国的伟大之处。但是我更热爱中国，想看看一个不同于哥伦比亚的社会是如何构建的：带着社会公正的光辉，解读一些难懂的比喻，近距离观察中国这篇乐章的作曲家毛泽东。

💬 您在北京的这四段经历，有哪些好的、不好的或难堪的时刻？

美好的时刻：发现牡丹和香菜，陪中国人一起送别了毛泽东，和他们一起抵抗灾难，比如1976年的唐山大地震。不好的事情：我的儿子比我在中国还要待得久，我的孙女在中国出生，妈妈是满族人，即使这样他们也不能拥有哥伦比亚和中国双重国籍。

💬 您为什么来来去去这么多次？

因为中国人拥有"柔软的力量"这种真正的诱惑技巧。我第一次来中国的时候他们就向我施了这个法。那时候"文化大革命"刚爆发，到中国的第三天我就想回哥伦比亚了。每次他们都用新的"光荣任务"的诱惑劝我回去：翻译《毛泽东文选》《邓小平文选》，翻译人民代表大会文件等。

💬 从和中国人一起工作到成为外交家,这之间有本质上的变化吗?

是的,变化很大,因为我不再是"老朋友"了,而是一个不可或缺的但又不那么令人舒服的外国使节了。

💬 您和您家人的心留在了中国吗?

心脏下面,肚脐那里,中国人说是能量所在,我都留在了那里:我的小儿子。

💬 和中国人一起工作生活使您更接近他们的思想了吗?

中国思想?是孔子的儒家思想,通过它我和中国建立了最亲密的联系。

💬 中国人和我们哥伦比亚人以及拉美人有多大的不同?

作为人类,我们是一样的,但是中国人的思维方式是象征性的,其中有几千年的历史的烙印和庞大的人口的重压。

💬 您从中国文化中学到了什么?

寻求共识和长远的眼光。

💬 长城真的像人们描绘的那样吗?

只有美国宇航员能够描绘出它像一条蜿蜒在地球表面的长长的蓝色丝带。

💬 中国人已经做好准备成为世界第一强国了吗?

还没有,在教育和医疗方面还有很大的不足。一旦克服了这些问题,就是早晚的事了。

💬 有没有什么中国的习俗是您想移植到哥伦比亚的?

没有,或者只有很少的东西可以移植过来,但是我们可以学习他们的时间观念和所谓的"柔软的力量"或者说是劝服的能力。

💬 我们的哪些特点可以为中国人的日常生活所用呢?

马克·吐温所说的"外冷内热",可以随着时间的推移,让中国人慢慢适应拉丁人的方式。

💬 我们的总统选对了驻扎中国的外交官了吗?

是的。将中国变成我们的第二贸易伙伴国,以及让中国把哥伦比亚列为一个值得尊敬的国家,外交是关键。

💬 普通的中国人是怎样的?

害怕出丑。向亲密的朋友告别的时候会哭。有强烈的好奇心,尤其想知道西方人怎么看他们。喜欢流言蜚语和美味的食物。

💬 您刚到的时候和现在的中国有什么不同?

在离开了十二年之后,我于2007年再次回到中国。我感觉她好像正在一片不毛之地中矗立起一座好莱坞电影里的未来世界的模型。

💬 中国人怎么称呼您?

从我四十岁开始他们就叫我"老恩"。

原载于《时代》,波哥大,2012年5月8日

"玛格丽塔的记录"栏目*

玛格丽塔·维达尔访问恩里克·波萨达

🎙 我们今日的嘉宾是恩里克·波萨达·卡诺,他被认为是最了解中国的方方面面的哥伦比亚人之一。他在1965—1995年期间曾三次旅居中国,时间长达17年之久。第一次他前往中国留学,第二次作为中国国务院一下属部门的公职人员开展工作,最后一次在哥伦比亚驻中国大使馆任公使衔参赞。恩里克是一位经济学家、作家、记者、前外交官和国际关系问题专家,经济学专业毕业,在北京大学取得中国近现代史专业的硕士学位。

恩里克博士曾历任哥伦比亚驻华大使馆领事、公使衔参赞和代办,而且格外重要的是,他曾是中国国务院下属的翻译和出版局的专家,是《毛泽东选集》和《邓小平文选》翻译团队的成员。他还曾发表过与其中国经历相关的故事、小说、随笔和新闻报道等,例如我个人十

---

* 这是哥伦比亚国家广播电台的一档采访栏目。恩里克·波萨达于2020年4月7日担任受访嘉宾。

分喜爱的小说体回忆录《在中国的两次生活》。他是豪尔赫·塔德奥·罗萨诺大学孔子学院的创立者和前任院长，在政法学院创立了亚太研究室，还曾任哥伦比亚奥里诺基亚科学研究所所长。

　　早上好！恩里克，非常高兴能够在我们的节目中对您表示问候。在过去的几个月里，您在我们的节目中就相关话题发表了真知灼见，为节目增色不少。您今天好吗？

　　早上好！我很好，玛格丽塔，很高兴能再次与你在这个节目相会。

● 正如我刚刚在简介中所说，您一生致力于深入研究中国，三次旅居中国共计17年，与中国建立了深厚的关系。您热爱中国，中国使您受益匪浅，而您在拉美为宣传中国所做出的努力，也是对中国的回馈。我的第一个问题是，请问什么是孔子学院？

　　建立孔子学院有两个目的，或者说它具有双重任务：教授中文和传播中国文化。哥伦比亚共有三所孔院，2007年建立的安第斯大学孔子学院、2010年建立的麦德林市孔子学院，以及我在2013年建立的豪尔赫·塔德奥·罗萨诺大学孔子学院。塔德奥大学孔院的任务也是我刚刚提到的两点，而且我们的辐射范围不仅限于本校而是整个城市，所以我们有许多来自波哥大其他大学和学院的学生。

● 您认为豪尔赫·塔德奥·罗萨诺大学孔子学院取得了怎样的成就？这所孔院成立了多少年？

　　从2013年开始，已成立7年。我认为塔德奥大学孔子学院所取得的最重要的成就就是吸引了超过400名学生，招生范围扩大到了其他大学，并与中国的大学建立了联系。我们已与大连、北京等地的大学达成协议，允许哥伦比亚学生参与双学位项目。我们已派出121位学生参加中文和与中国文化相关的沉浸式学习项目,他们在我们的合作院校天津外国语大学进行约三个星期的学习,可以练习中文对话、去超市购物、与来自中国和其他国家的学生一起参加体育运动等,如此便与中国文化建立起了特别的联系。这是我们取得的最大成就之一。目前,我们有约 18 名奖学金获得者正在中国攻读硕士学位,还有一些学生正在中国攻读学士学位。简而言之,这是我们迄今为止取得的成就,而我们还想继续推动这方面的合作,所以我们还有很多工作要做。

💬 正如您在接受米丽恩·巴蒂斯塔(音译)的采访中所提到的,您始终提倡激发哥伦比亚对中国的兴趣,并最大程度地利用中国的发展,而且两国之间的互相了解还有很长的路要走。您如何解释这个观点呢?

是的,有多位哥伦比亚总统都曾访问过中国,比如刚刚访华的伊万·杜克总统。访华十分重要,因为和我们一样,中国人也相信"圣人创造奇迹",维持良好的个人关系对中国人来说至关重要。我们正面临发展中哥友好关系的巨大机遇,这是中国在拉丁美洲建立的最佳关系之一,尤其是波哥大地铁这一大型工程让两国关系快速发展。在这一项目之后还会有城铁、金矿采购等项目,所以无论如何我们应继续努力,使中哥关系包含越来越多的合作项目。哥伦比亚希望从富饶的中国获得丰富资源,例如绿色能源、风能、太阳能、海运、陆运和空运资源。但与此同时,哥伦比亚也应该挺直腰杆,我们同样也有很多可以提供给他们的资源。我们知道在城铁项目上还有什么可以改善的地方,我们有例如国家学习服务中心(SENA)等多个模式引起了中国人的极大兴趣,我们知道中国人也有兴趣深入研究我们的家庭福祉协会(ICBF)以及环境方面的立法,总之有一系列事情……我想说的是:贸易只是单纯的贸易,而合作则是更深层次的。

💬 为什么中国会对这一类机构,例如家庭福祉协会和国家学习服务中心有特别的关注?

因为中国人谦虚地承认他们目前的政治、经济和工业改革只进行了 40 年。在这之前,毛泽东主席时代的目标是建立一个繁荣且独立的国家。从 20 世纪 80 年代起,中国人开始实施根本性的改革,这使得他们如今成了世界第二大强国,且预期可以成为世界第一大国。在这 40 年里,令人惊讶的是其变革的速度和节奏,这不单单体现在数据或是其位居世界第二位的国内生产总值,而且体现在他们所创造的一切上。例如,中国在 40 年里搭起的法律上层建筑。他们从西方吸纳部分经验并进行再创造,同时他们也承认还有需要继续学习的地方。所以,哥伦比亚可以在环境立法和儿童保护方面提供建设性意见,后者是哥伦比亚与众不同的一颗宝藏。我国在性别、妇女和我们称之为民族社区的少数族裔问题上具有丰富经验,应该大力推广。

💬 但哥伦比亚人没有意识到的是,您刚才所提到的一切看似理所当然,背后却可能隐藏着不公平。哥伦比亚从中国采购机械、汽车、农业用具、公司原材料,以及大小型仓库储存和超市贩卖的产品。中国的饮品和调味品,比如大蒜,已成为哥伦比亚饮食的一部分。而中国从哥伦比亚采购石油及其他东西。两国之间存在着巨大的贸易失衡问题。当然,这里也应考虑到这是拥有 14 亿人口和最多 5000 万人口的两个国家之间的差异。那么,这种失衡是否是个严重的问题?也就是说,如果我们使用更通俗的表达来说,中国是否讨厌这样的失衡?

中国和哥伦比亚都希望能够消除两国之间的贸易赤字,即高度失衡的收支。如果哥伦比亚能够提供更多中国市场认可的产品,中国想必会十分开心。中国强大的新兴中产阶级确实具有很强的支付能力。问题在于哥伦比亚可出口的产品供应仍然薄弱,除了石油、碳氢化合物和镍铁以外,我们也应挖掘附加值更高的产品,它们能够创造更多就业且获得中国市场的青睐。中哥之间的贸易失衡并不全是中国的问题,我们也应针对亚洲国家,例如印度和中国进行产业转型。我们其实已经意识到他们越来越需要农工业产品,而我们恰好可以把咖啡转变为多种产品。中国人已经对我们的糖果和酒表示喜爱,我们还应该开拓其他的可能性。当然,我们肯定不能继续完全依赖于不能提供附加值的原材料,例如石油和镍铁,我相信这一情形一定会有所改变。

> 我可能需要偏题一下,因为有一件事让我特别注意到了。那就是孔子提倡的儒家哲学,即中庸、和谐、对弱者的同情等思想,这都使得在中国的老年人备受尊敬和喜爱,他们的经历和经验也被视为最宝贵的财富。中国一直在招募世界各地有才华的老年人为其传授他们积累的知识,例如德国的退休人员等。我不理解,希望您可以向我们更多地解释一下这一点。因为在西方国家以及拉丁美洲,包括哥伦比亚,似乎对于新生代而言,老年人已经失去了用处,在很多情况下老年人遭到了抛弃。而对于这些已经为我们奉献一切的老一辈而言,这是一种不履行义务的相当不公平的待遇。

确实是这样的。儒家文化是一种尊重老年人的和谐的文化,这在中国人的日常生活中都有所体现。祖父母不单是陪伴子女生活的人或一个普通的家庭成员,还几乎相当于一家之主,有时管理着家庭中的经济资源。其原因在于他们会帮助子女一起抚养孙辈。当子女都需要工作的时候,祖父母是一个非同寻常的资源,会负责子女家庭的管理。这是中国家庭的重要特征之一。

此外,最著名的中医医生多是六七十岁的老人,中国有很多艺术家、画家还有作家在50岁以后才成名。人们普遍认可经过年岁积累的"底蕴"。如今在新冠疫情期间,我们也能看到中国人是如何尊重老年人的。

💬 好吧，关于新冠疫情的话题是我本想要等会儿再谈的，不过既然您已经提到了，那我们就先说一说这一次让全世界恐惧、担忧且困在家中的疫情。我想现在全球大概有约30亿人都待在家中，家人们需要各自隔离所以无法聚集。而这一切发生的事情都使中国背上了骂名。我想知道您在这么多年努力向世界宣传中国的积极事物后，会对此给出怎样的评论。

当然，玛格丽塔，你的问题和你关于现在在中国发生的事情的评论很重要，因为我们现在暴露在虚假新闻的宣传之下。许多人正在谈论的阴谋论、实验室中产生微生物的不明智的评论，都是没有根据的理论。例如，当人们讨论中国在人口数量已突破13.5亿的情况下，新冠肺炎死亡病例只有4000例，认为这是不可能的时候，他们提出了看似合理的论据：他们把中国和西班牙，一个人口少于4700万人但新冠死者达到12000人的国家进行对比。这种统计参数和编造是不科学、违背事实的。

这些天我一直在媒体上发表关于中国人抗击SARS（"非典"）病毒的经历的评论，这不单涵盖了中国大陆地区，还包括中国台湾、香港和澳门地区，以及新加坡。而恰恰针对上述地区，人们质疑为什么他们能够如此快地阻断疫情，为什么和西方国家相比，新冠疫情造成的负面影响更小。其中第一个重要的原因，就在于他们在17年前就有了抗击SARS疫情的经历，而这一经验对于他们至关重要。第二，中国在2020年3月23日就让6000万居民在家中进行隔离，并且马上告诉全世界，病毒正在那里夺去人们的生命。他们封闭了整个省份，除了省会武汉以外还包括一系列城市，加起来一共是6000万人口。

中国的封城和我们的封城不同，他们的封城是彻底的，我可以从他们当时给我发送的视频中看出这一点。这种封城的背后需要信息技术的支撑，这也是很重要的一点。不仅是医务人员向政府发出新冠病毒出现的警告，还涉及政府利用大数据系统管控日常生活：每个人每天能否进出建筑物，何时进入、如何进入、携带了什么物品或包裹一起进入、这些包裹在电梯中放置在何处，以及使用二维码识别系统掌握人们进入了什么地方和与谁见面。夸张一点，甚至是一位青少年脸上的青春痘都能被系统发现。简而言之，信息技术过去、现在和将来都是一个重要因素，所以我一点也不惊讶他们及时阻断了疫情，并取得了目前的成果。

💬 我想要打断一下您刚才所说的关于信息技术和政府及领导人获知人们的每个行动的内容，因为这让人想起了乔治·奥威尔作品中的"老大哥"。这样一种社会模式在多大程度上是可取的？

现在世界上有很多政治模式，其中有两种是最基本的，一个就是根据西半球或基督教文明的理念，基于所谓民主的政治模式，它时刻关心和促进个人自由。在某些时刻，例如现在发生了危机的时候，他们还是认为应该拥有个人自由，不希望实行影响个人、他们的隐私和亲密关系的制度。这些观点是完全凌驾于安全，甚至是健康和生命安全之上的。我则倾向于在两种模式之中找到一个中间术语，尽管我知道这是一个"拜占庭式的讨论"。哥伦比亚现今面临的是前所未有的一种境况，人们似乎是儒家思想的追随者。我在第七公路还有我家门口的街道看到的是一种显著的服从精神，这看起来很像中国。不过，人们正在学习的社会纪律不单是中国人独有的，其他国家，例如瑞典也有类似精神。

💬 关于新冠病毒是在实验室中制造的阴谋论已经达到了疯狂的地步，例如他们认为这是为了终结美国和一些西方国家，而中国可以利用股市下跌来随意收购全世界的公司，这当中有些说法确实过于夸张。我想引用两三天前哈维尔·弗洛雷斯（音译）在《西班牙国家地理》杂志上发表的文章，他提到新冠病毒可能之前已经在人类之间传播而未被发现。此外，他的研究也否认了我刚才提到的那个阴谋论，即新冠病毒是在实验室里创造出来的。科学家们根据蛋白质S的突变和病毒的分子结构，排除了新冠病毒是实验室制造的可能性。您是否读过相关的内容？

是的，这对我而言是一个艰巨的课题，因为我没有充足的医学知识储备来支撑我在这一艰深复杂的领域中发表意见，但我确实阅读了很多相关内容。我第一次听到关于实验室制造病毒的言论是来自俄罗斯总统弗拉基米尔·普京，他在3月23日武汉和湖北其他城市封城之后几天就发表了类似言论，不过之后就没有了下文。我觉得这听起来是一个假新闻。这是流行的阴谋论之一，有一系列有名的YouTube网站视频制作者毫无根据地发表言论，质疑为什么中国的医院像魔术一样突然出现。他们不了解中国。中国人说过：他们只是使用模块化钢结构铺地基、立墙，搭建天花板，然后500个工人就可以进入活动板房施工。你想象一下，玛格丽塔，500个工人。我们必须看到中国人是如何工作的。这是一个国民共同完成的工作，其背后是很深刻的一个文化问题。

我总是会谈到中西方古代文化的截然不同，其中一个是卡尔·马克思和黑格尔所提到的亚洲的农耕文化。我们无法将中国和西方国家的历史相对比。在中国，他们特有的生产方式影响了人们的生活和行为方式，从而孕育出了孔子和老子。这种文化始终烙印在人们的思想中。

● 是的，一种纪律、工作、很多时候意味着牺牲的文化。在我刚刚和您提到的那本享有盛名的杂志上，曾发表过一篇文章，完全驳斥了那些认为病毒是人造的阴谋论。据那篇文章，病毒不是在实验室中生产而成，其存在于人类之中的时间可能比我们想象的还要长。世界上的多所大学，例如澳大利亚大学、纽约的哥伦比亚大学、英国的大学都对这一问题做出了充分的解释，因此我认为我们可以抛弃这一理论。

我想向您指出的另一件事是，当前，美国的新冠病毒感染人数已超过了意大利、西班牙和中国感染人数的总和，美国成为大流行病传播的中心。这让国际社会开始思考究竟是什么触发了美国疫情的迅速蔓延。您如何分析这一事件？许多人认为美国总统特朗普难辞其咎，他在几星期内一直试图将这一问题最小化，还声称有一款疫苗马上就能投入使用，且推荐使用用于治疗其他疾病的药物。此外，他始终秉持消极态度，拒绝以联邦政府的名义关闭美国。当然，美国作为一个庞大的经济体，大家一定程度上也能理解疫情对于其短期、中期和长期经济运行可能造成的负面影响。您如何分析这个问题？

玛格丽塔，我想用你刚提到的一个词来分析这个问题：态度。这是一个态度问题，也是一个已经被政治化的问题。当然，早期预警和及时采取重要措施体现了不同国家领导人之间的差异，例如韩国和中国的领导人与西班牙、意大利和美国领导人的差异。在美国，特朗普总统希望让新冠疫情这一话题最小化，因为他有政治利益。对于他而言，失业率升高和国内生产总值尽可能少地下降都将切实影响其竞选连任的形势，所以政治利益和流行病交织在一起。这是一颗定时炸弹，也造成了目前纽约的令人悲伤的不幸事实。

● 美国的第 45 任总统特朗普在其最新的声明中不得不完全改变说法。根据最新报告显示，美国已有超过 30 万人新冠测试呈阳性，8000 余人去世。他不得不承认，根据专家的说法，将有约 10 万—24 万美国人因新冠病毒丧生，这绝对是非常可怕的。

非常可怕！我们身处一个地缘政治对抗的时代，而其中的普通百姓还在遭受流行病肆虐的苦难。不过，不幸中的万幸，意大利和西班牙的数据已开始好转，这能带给我们希望，相信这一场疫情是可控的。

但这一话题早已被高度政治化,这首当其冲会伤害整个人类。这就是我的想法。

💬 就像您说的,目前我们还面临着新冠疫情及其在全球迅速扩散的问题,不过在一些最受影响的国家中感染人数曲线已经略微拉直,这也是我们希望继续保持的趋势。不过,抛开这个问题,我还想重新回到另一个话题,就是您与中国有关的重要活动,即您领导的豪尔赫·塔德奥·罗萨诺大学的亚太研究室。这一机构运行了多久?它的目的是什么?指引这样的一个研究室运作的理念是什么?

玛格丽塔,这一中心其实被称为亚太虚拟研究室。之所以是虚拟的,是因为建立一个用于研究和组织国际化活动的智库中心十分昂贵,需要配备场所、图书馆和带薪的研究员,所以我向当时的校长海梅·平松·洛佩斯(音译)提议我们可以通过互联网建立研究室,最后也就这么建成了。研究室 2005 年开始运作,对象国不仅限于中国,不过确实优先研究中国,因为其世界强国的地位和日新月异的动态。此外,也因为我们所掌握的新闻和文件的数量以及我和中国的联系,研究室主要聚焦于中国。大约四年前,根据一家名为"环球伊比利亚"(Iber Global)的智库调查,我们的研究所拥有包括演讲、论文、文章和书籍在内的 500 多个文档,在拉丁美洲位列第一,在国际上也十分抢眼。亚太研究所是国际化的交流中心,不只面向中国也辐射东亚地区,研究对象也包括朝鲜、韩国和日本。我们没有足够的资源走得更远,例如到达东南亚,那是另外一个拥有 13 亿人口的非凡天地,不过我们也在一步步前进。

💬 好的,太棒了。去年 2 月 7 日中国和哥伦比亚庆祝建交 40 周年,或者也可以称之为重建外交关系 40 周年。有鉴于此,您发表了一篇文章,其中提到在交流渠道关闭了很长时间后恢复邦交非常重要。我似乎还记得，当时蒋介石前往台湾并在那里定居时，美国和中国大陆断绝交往，还有许多国家紧随其后。我们不妨一起来回忆一下这段往事，当时中国如同之前的几百年一样再次关闭了国门，这有何种意义？

玛格丽塔，我总是十分乐意讲述我们的经历：1965年，当我和我的妻子、两个小孩到达中国时，中国与世界是隔绝的，这不是出于他们自己的意愿。中国从来不是自愿关上国门的，而是其他国家关上了它。1949年，毛泽东主席以一文《别了，司徒雷登》与当时的最后一任美国大使司徒雷登告别。彼时的中国处于被迫的绝对封闭中，于是便开始了培养外交官的艰巨任务，这也正是我和我的妻子前往中国的目的，即培养西班牙语和西语文学方向的外交官。之后，中国就遭遇了"文化大革命"。但在那个时候，1965年，中国人就具有强大的使命感，他们对自己的未来有着坚定的信心。一开始，我们在友谊宾馆住了8年，听到中国的广播一共使用25种语言播报，北京的广播使用了瓜拉尼语和艾马拉语进行播报。我惊讶于中国人与瓜拉尼语或艾马拉语有何关系。其实是他们想要去拉丁美洲，非常努力地想去拉美，想要了解拉美文化。那时有人说，对于这个已经成长、成熟且找到定位的巨人国家而言，发生什么事情都无需感到惊讶。习近平主席曾说过，在2050年中国要成为世界强国，这也不足为奇。他们已经在逆境和顺境的沉沉浮浮中潜心努力了许多年。

💬 我也很想知道您对中美贸易战的看法。目前由于新冠疫情暴发，这场贸易战似乎暂时偃旗息鼓，但是两国的关系和彼此的威胁都必将在短期、中期和长期内产生影响。您认为，除了两个国家显然会两败俱伤以外，贸易战还会带来哪些后果？

没错，全世界都会输，美国会输，中国也会输。这两国有损失，全世界也会有损失，因为全球化就像一张蜘蛛网，牵一发而动"全网"。哥伦比亚也会被牵动，而且会面临负面的影响，因为显然我们将会面临世界范围内的经济衰退。

● 您刚刚谈论到了特朗普总统的领导,并对其发表了深刻的评论。如您所说,他奉行的政策充满了民粹主义、歧视、民族主义和保护主义思想,他使得美国失去了其在世界上的主导地位和领导能力。这是否意味着中国将会因为采取了完全相反的政策,而成为获胜的一方?中国将因此崛起,成为世界第一大国,你认为这是否有可能呢?

我曾想过中国会成为世界强国,但我从未想过这一进程将会如此之快。因为我一直认为,直到今天我还是保留这一观点,中国在科技领域仍然较为薄弱,美国在科技领域仍然是无人匹敌的强国。中国要与美国相提并论、一争高下,仍然有很长的路要走。但是关闭国际自由贸易之门这一目光短浅的政策会导致美国国情面临逐步恶化,损害其经济和政治上的形象。当美国想要孤立且打击的对象不再只是中国,还包括了欧洲,且美国渴望巩固其在关税中的霸主地位时,一场维持其世界统治地位的保卫战就不可避免了。这是一场控制论的、5G 竞争的地缘战略之战。目前关于关税的竞争只是冰山一角。

● 在中美之后还有印度,一个人口超过十亿的重要的国家紧随其后。但是印度处于一个完全不同的政治体制中,它拥有民主。

当然,印度的民主制度具有一定优势,但由于其民主是建立在父权制、歧视、贱民、宗派的社会结构之上,所以他们的优势可以忽略不计。这是一个有着非凡传统和历史的国家,但却是一个很难确定国家方向、国家目标的国度,为什么?因为印度国内存在着众多的社会团体,有着生机勃勃的反对派,政治阶层被分割为多个部分和阵营,他们没有办法团结起来。而在中国,政府如果表示了明确的国家目标——例如建造世界最大的计算机,在网络空间中完成国家所有的运算,整个国家的国民都会朝着这一目标努力前进。这在印度是不可能的。

💬 恩里克,请原谅我打断您,工作人员提醒我今天的节目已经快要结束了。我想对您表示最诚挚的感谢。感谢您在这一新冠疫情的特殊时期接受这次及时的采访,提醒全世界中国远不止于此,中国是一个有着千年悠久传统的国家,正在成为世界上最强大的国家之一。我们将在未来的节目中继续与您讨论印度的话题。非常感谢您。

感谢你,玛格丽塔,谢谢你友好地邀请我,再见。

最了解中国的哥伦比亚人

弗兰西斯科·赛力斯·阿尔班访问恩里克·波萨达

🔵 您已出版了两本与您的中国经历相关的书。

是的。一本是小说《在中国的两次生活》，另一本是新出版的《见证中国》，后一本书中包含了由安蒂奥基亚大学负责收集的我的新闻报道、文章以及几篇随笔和采访。部分文章之前已经出版，不过大部分都还未公布。

💬 当您旅居中国时，您认为对于哥伦比亚人而言，那还是一个陌生又古怪的国度吗？

不。是哥伦比亚人仍然对中国知之甚少，哥伦比亚不了解中国。

不只是我，我们一群人在过去四十年里一直致力于宣传中国，但哥伦比亚自上而下，包括政府，都还未醒悟。中哥关系已面临严重滞后：我们还没有和中国签署自贸协定。哥伦比亚与韩国的自贸协定签订也面临推迟。

💬 您之前创作了一部小说，现在又出版了一本文集，您的写作目的是什么呢？

我感觉，讲述我和我的家人在被四面封锁的中国生活的经历是很有必要的。当时，甚至连苏联都与中国断绝了联系，离开了中国。我们是在那样的时刻到达中国的。

💬 我们在座的人都还没有六十岁。我觉得如果在哪儿生活了17年，确实得把这个经历写下来。您是如何进行写作的呢？

我决定将我的经历"小说化"。在这本书中，我的真实经历大约占75%，但因为我是作家出身，我又想在书中采用叙事的文体，所以我选择了"小说体"。这不是一篇随笔或是专题文章，虽然我之前确实也写过这两类文章。我希望成为在拉丁美洲宣传中国的情况的哥伦比亚人。

💬 您最初是如何萌生要去中国的想法的？

我在1963年去了古巴（当时刚刚发生了猪湾事件）。我是时任农业部长埃尔南·托罗·阿古德洛（音译）先生的私人秘书，他知情并允许我进入哥伦比亚代表团。其中的一位哥伦比亚人告诉我，中国人需要在中国工作的西班牙语的专家，为他们培训外交官。中国人当时已经知道，总有一天他们将会重启外交关系。他们从60年代开始就已经做好了成为强国的准备。在那时，我与中国驻古巴大使会面，他为我提供了在中国的一份工作。两年后，我才给出了我的答复。

● 您是几岁进入外交部的？

25岁。之前，我曾在《观众》（*El Espectador*）杂志担任政治编辑，曾与伊达·吉拉尔多（音译）、马可·图里奥·罗德里格斯（音译）、达里奥·巴蒂斯塔（音译）等人共事。当埃尔南·托罗进入外交部工作时，他希望我和他一起工作。我曾担任部长秘书，负责处理与媒体的关系。

● 在这之前您学的是经济学……

我一开始在安蒂奥基亚大学学习，最后在哥伦比亚国立大学毕业，换了一所学校的原因是我被前一所大学劝退了。当时我在安蒂奥基亚大学创办了麦德林大学电影俱乐部。有一天，我们将要播放克劳德·夏布洛尔的电影《表兄弟》。

电影当中包含裸体和性爱场景，所以被主教禁止了。当时我已经支付了放映的租金，但是当我到达胡宁的玛利亚·维多利亚剧院时，它已经被关闭了。现场大约有300人，所以我在那里发表了我的第一个演讲，在其中我公开表示："这是被主教禁止的"。后来，电影俱乐部的人们平躺在胡宁大街上以阻碍交通。

● 您的父母对此有没有什么表示？

我的父亲已经去世，我的妈妈成天在缝纫机上劳作以养活我们五个孩子。

● 所以您带着这一政治教育背景来到了波哥大……

我当时是一个反叛青年。1962年，我受到了麦德林封建制度的冲击，所以来到了波哥大。

💬 您在何时决定走上叙事创作的道路？

因为我在1963年出版的一本故事书《游击队员不入城》获得了成功，共印刷两版，有许多相关新闻报道，还曾在《时代日报》（*El Tiempo*）上刊登了相关漫画，在《哥伦比亚人报》（*El Colombiano*）上刊登过介绍文章。

💬 不久之前，您还发表了一篇名为《姗姗来迟的黎明》的小说，1964年您发表了小说《八月野兽》。您的创作灵感是从何而来的呢？

因为我的文学老师是安蒂奥基亚大学文艺协会的贡萨洛·阿兰戈（音译）老师，他培养了我们对塞萨尔·巴列霍的热爱。他在课堂上吟诵巴列霍的诗歌，跟我们娓娓道来。在我们分开以后，他来到了波哥大。因为我是他喜爱的学生，所以他把大学杂志的总编辑和广播电台负责人的工作都留给了我。

在那里，我学习了广播知识。之后因为我质疑虚无主义，我们逐渐变得疏远。当他去波哥大并在那里焚烧书籍后，我便与他分开了。我反对虚无主义。

💬 让我们回到中国的话题上。您和您的家人就像是纽带一样，连接起了中国和西语世界。

在中国面临绝对封闭的那个时刻，可以这么说。在1949年，美国与中国断交，最后一任大使离任。从那时起，整个欧洲也与中国决裂，拉丁美洲和非洲紧随其后。中国孤立无援，只有反感的苏联为伴，之间总会爆发争论。在那时候，中国认识到了培养外交官的必要性，所以开始召集25种语言的专家。

💬 当您到达中国时，中国正处于其发展进程中的哪一个时间点？

正在建立完整的生产单位——人民公社。公社里包含了一切：小学、中学、医院、婚姻的缔结，还可以进行牲畜饲养、养鱼等等。这是毛泽东的终极乌托邦理想。但是正是公社导致了中国与苏联领导人尼基塔·赫鲁晓夫分道扬镳，因为后者认为这是小资产阶级的产物。公社实际是无阶级和无政府社会的试验田。

💬 《见证中国》一书涵盖的是哪个时期？

从我们1965年到达中国到2012年。其中最新的文章是我在亚太研究室发表的。

💬 您到达时，"文化大革命"已全面开始了吗？

我经历了"文化大革命"。

💬 您也经历了毛主席的逝世？

同样。

💬 以毛泽东之妻江青为首的"四人帮"的倒台？

那时我也在中国。

💬 还有毛泽东的继承人华国锋的上台和之后的下台。

我还有和华国锋的合影。

💬 以及邓小平再一次的"落下"？

邓小平经历了三起三落，这都使我有所触动。在他担任副总理期间，他虽然不是经济学家，却凭借过人的常识，利用经济手段提升了中国人的生活水平。后来人们要求他回归，所以他又复出了。

之后便开始了伟大的改革开放,这是我们在近些年都共同见证的。

● 您是如何在这一不确定的时局中"生存"下来的?

我没有像柏林墙倒塌之前的许多左派分子那样酗酒。为什么?因为我经历了毛泽东的崛起,与周恩来一起工作,也见证了"文化大革命"几乎演变成内战的情形。

● 他们对你们说了什么?

当我和我的家人到达中国时,我打算去外交学院,但是一连三天他们都在连着开大会。我去见了院长并询问道:"我要去学院吗?"院长建议:"不。您可以去了解了解,旅旅游,休息休息。您长途跋涉而来很辛苦。"

我和家人在中国住了四年。到第二年的时候,我们的合同就已经到期了。我询问:"我们要离开吗?"他们告诉我:"不,您是作家。您可以通过写作告诉世界什么是'文化大革命'。请留下来。"外交学院后来交由中国的通讯社新华社管理。当时我开始研究毛泽东的作品。

我们1969年返回哥伦比亚,1973年再次受邀翻译毛泽东的其他作品。我第三次前往中国是作为哥伦比亚的外交官,在中国待了四年。第四次前往中国是因为我告诉他们:"我想和你们住在一个小区里,这样我就可以写完《在中国的两次生活》那本书。"他们接受了,所以我在中国又待了四年半,写下了这本书。

● 您是如何学习中文的?

在工作之余,他们给我提供了每天学习半天的机会。而除了老师以外,我自己也买了一本中文字典进行自学。

💬 最后您为什么回国了呢?

因为我们终究还是外国人,成为中国人并拥有中国护照是一个乌托邦故事。

💬 您是豪尔赫·塔德奥·罗萨诺大学孔子学院院长。这所孔院是如何建立的?

一开始在 2005 年建立的是亚太研究室。院长邀请我加入塔德奥大学,我从而萌生了在大学建立国际化智库中心的想法,所以我们建立了这个互联网虚拟研究室。从 2010 年起,我开始申请建立孔院,在 2013 年获得特批,孔院在同年建成。

原载于《时代》(哥伦比亚波哥大),2014 年 8 月 29 日

36

为哥伦比亚打开通往中国的大门

米丽恩·巴蒂斯塔根据访问恩里克·波萨达整理

恩里克·波萨达是豪尔赫·塔德奥·罗萨诺大学孔子学院院长，该院目前所在地址在第4街23-48号的一栋经过改建的建筑中。波萨达确认，在几年内，由该大学负责修复的波哥大城区中的第23街将会成为"中国街"。

"虽然不像其他大城市一样有一个特定的华人聚居区，但我们也将建立起一个包含着商铺、饭店和住房的完整街区，可以在每年的2月换上节日的装饰物"，他所提到的节日是每年2月庆祝的中国农历新年。

目前，八位中文母语老师的工作和居住地点都在第23街，他们为400个学生讲授中文课程。此外，在该市设点的14家中国企业的员工在这里聚会，恩里克和其他资深汉学家们（即中国文化学者们）也在这里相聚。他们都能清晰地回忆起在那个遥远国家度过的岁月，而那个国家现今正一步步走向国际舞台的中心。

塔德奥大学的学生将第23号街称为"孔子街"。"我们在孔子街街角见"或"我们在孔子街前面喝杯咖啡"是总能听到的句子，对于不了解波哥大市中心的这一地区的日常生活的人而言，这些话可能会令他们感到困惑。

在 20 世纪 70 年代，在一些仓库和圣安德列斯多（音译）交易市场中可以买到为数不多的中国产品，其中包括"奶奶鞋"（黑布鞋）、白色 T 恤、纸伞等等。

现在的情况则正好相反：我们买卖的所有商品基本来自中国，原产地标签显示为中国以外地区的商品需要使用放大镜才能找到，而这样的商品真的极少。

中国贸易的高速发展使得恩里克·波萨达在本报六年前发表的一篇文章中，被记者弗朗西斯科·塞里斯（音译）称为"最了解中国的哥伦比亚人"，成为中国问题的咨询专家。

2018 年，因为中国和美国之间日益紧张的关系是媒体关注的焦点，所以他处理的咨询数量达到了最高值。

波萨达·卡诺提倡激发哥伦比亚对中国的兴趣，并充分利用中国发展带来的机会。目前，中哥关系是温和、小心翼翼甚至还有点疏远的。也许当雄伟又复杂的中国驻哥伦比亚大使馆在波哥大金融中心的智利大道 5 号落成时，我们能更加明显地感受到这一巨大国家的存在感。

哥伦比亚从中国采购机械、汽车、农业用具、公司使用的原材料，以及大小型仓库储存和超市贩卖的产品。中国的饮品和调味品，比如大蒜，已成为哥伦比亚饮食的一部分。而中国从哥伦比亚采购石油及其他东西。中国最大的贸易伙伴是欧盟，之后是美国。

中文学生

波萨达·卡诺回顾了孔子学院去年的活动：

"比起我 1965 年第一次前往中国的时候，中哥关系在政治、文化和社会领域都取得了一定进展。我长年累月地研究中国，每天我都能学习到关于这个国家及其人民的令人惊讶的新鲜事物。豪尔赫·塔德奥·罗萨诺大学孔子学院是中国在哥伦比亚设立的官方机构，是在中国教育部与塔德奥大学签署协议后建立的，一共有两个基本目标：传播中国文化和教授中文。"

2018年我们第五次派出20名学生（其中有5名奖学金获得者）参加中文和与中国习俗相关的沉浸式学习。时间最短的学习项目为期3个月。我们已与波哥大的几所大学、哥伦比亚－中国商会和哥伦比亚多位企业家建立了同盟关系。每年有越来越多的学生在孔院接受汉语培训，他们当中的很多人在以2050年成为世界强国为目标的中国，找到了工作。

"目前在这个城市，暂时没有一个专门向中国人教授西班牙语的场所（卡塔赫纳有），而来到哥伦比亚的中国人人数一直在不断攀升。"

2019年，猪年

传播范围最广的传统中国习俗之一是迎接新年的到来。和其他国家在12月迎接新年不同，中国是在2月过年，他们称之为春节。孔子学院和中国驻哥大使馆每年都在现代体育馆隆重庆祝这一节日。

今年的春节是2月5日，两个机构将召集在哥伦比亚定居的维修工、工匠、商人和艺术家，邀请他们分享美食、展示作品并介绍他们在不同领域获得的成功。

恩里克表示："新年第一周总是洋溢着欢乐的气氛。春节一般都在2月，具体日期会根据月球的相位而变化。食物就是家里最尊贵的"客人"。家家户户都会烹制最好的菜肴，邀请邻居、同事和远近亲戚一起品尝，畅饮大米和谷类发酵而成的高度酒。他们围坐在一起聊天打趣，这是平日里不常见的景象。甜点和蛋糕也很重要。房屋的门上会贴上两幅表示双喜临门的会意文字。"

长者把钱放在一个红色信封里交给他们的子女和孙辈，或通过邮件寄给他们。红色代表富足，在过年的那一天，人们都会身着红色的内衣和外衣。中国人会把希望摒弃的坏事都记在一张纸上，然后点燃纸张，将灰烬撒向空中。他们还会阅读古老的预言书《易经》，这本书蕴含儒家思想，在全球至少有250种译本，"阴阳"辩证法便是来源于此书。

中国人比较愿意同本国人结婚，跨文化的浪漫关系不是很常见。然而，在孔子学院，我们知道至少有两对哥伦比亚－中国情侣即将步入婚姻的殿堂。

孔子宣扬的哲学思想是中庸、和谐和同情弱者。长者受人尊敬和爱戴，他们的经验被视作最宝贵的财富。中国人一直在招募全世界有才华的长者，特别是来自德国的长者，向中国传授他们累积的知识经验。中国人祭奠他们的祖先。有些政客离开了中国也没有被委任职务，当然这是另一个话题了。

新闻学与文学

恩里克·波萨达·卡诺在十六岁时写下了第一篇新闻报道，发表在麦德林的《哥伦比亚人报》（*El Colombiano*）上。从那时起，他就暗中发誓绝不放弃写作。即使后来他学习了经济学，也依然坚持不懈、笔耕不辍。安蒂奥基亚的另外一家报纸《日报》（*El Diario*）的已故前主任米格多尼亚·巴伦（音译）委派他负责一个新增的大学增刊，恩里克将其命名为"我们的时代"。该刊共有四页版面，由恩里克和他的同学共同制作完成。恩里克如今回忆起来仍然心潮澎湃："那是美好的两年。"

"我开始以辩论人的身份锻炼自己。我第一个反驳的对象是贡萨洛·阿兰戈（音译）。我在文章中写道：虚无主义是超现实主义的复制品，在哥伦比亚的现实社会中没有立足之地，因为这一主义并不同情国家中正在发生的事情。我和他的分道扬镳不仅是意识形态上的决裂，也是个人关系上不可调和的决裂。当时我是'义务'文学的追随者。我在《观众》杂志（*El Espectador*）工作，也是《时代日报》的专栏作者。我曾为卡洛斯·耶拉斯·雷斯特雷波（音译）的《政治和其他》杂志采访了哲学家费尔南多·冈萨雷斯（音译），我记得那次采访是爆炸性的。冈萨雷斯是一位思维敏锐的学者，从疏远的角度看待波哥大，好似在观察另一个国家。他的世界则在于安蒂奥基亚，在麦德林。"

另外一个令恩里克难忘的报道是对玛利亚·卡诺（音译）的采访。因为其在工会中的活跃表现，在哥伦比亚的很多地区她被称为"工作之花"。她在年老的时候接受了最后一次采访。她具有清晰且富有闪光点的思想，和具有摧毁力的演讲术，但她其实不是一些人所描述的那个强大又令人胆寒的领袖，而只是一位悲伤的女人，抱着对过去的怀念，嗓音柔和，对恩里克表示了感激。"对她而言，新闻媒体对她进行采访仿佛能够让她再焕生机。"

小说

恩里克从新闻界跨界到了文学领域。恩里克·赛拉诺（音译）几周前在卡洛斯·耶拉斯·雷斯特雷波家中介绍了恩里克最新出版的小说《阴谋岁月》（*Los a os de la intriga*）。这本小说讲述的是很大程度上与国家历史融合在一起的一个家庭的故事。

"我的青春期在豪尔赫·埃利塞尔·盖坦（哥伦比亚著名政治活动家）遇害时就结束了。小说叙述了我的家人对此做出怎样的反应，以及麦德林发生了什么。我喜欢独白。小说的开头引用了一个正在回顾生活的女人的声音，而到了结尾我再一次以她结束。我希望用这种特殊的方式向女性、向安蒂奥基亚的女性致敬。"

恩里克总能为他的故事找到编辑。他写得多，销量却不高，不过这对他而言并不重要，因为他知道哥伦比亚的读者甚少。他常常还没来得及将他的一个故事递交印刷，可能又已经创作出了新的故事。

这是一个非常高大敦实的男人，总是心情愉悦、渴望交谈。他在他有时带着风俗主义色彩的作品中流放自己，在这个难以捉摸又苛刻的写作世界中焕发着独特的活力。

原载于《时代》（哥伦比亚波哥大），2019 年 1 月 2 日